KB184364

그나저나
당신은
무엇을
좋아하세요?

일러두기

- 본 도서는 국립국어원의 표기 규정과 외래어 표기 규정을 따랐습니다.
  다만 일부 용어는 입말을 고려하여 쓰였으며, 영화명과 같은 고유명사와
  일부 단어의 경우 실제 사용된 용어로 표기하였습니다.
- 단행본은 『 』, 시, 영화, 노래 제목은 「 」으로 표기하였습니다.

좋아하는 것을
발견하는
일상 수집 에세이

그나저나
당신은
무엇을
좋아하세요?

글·그림
하
람

지콜론북

좋아하는 시간의 틈에
이 책을 펼친 누군가에게

part 1.

필요한 만큼의 행복을 찾기 위해

part 2.

잠시 생각에 잠겨

part 3.

오늘을 차분히 들여다봐요

part 4.

이 온기가 바로 사랑일지도 몰라요

편지를 좋아한다. 어떤 얼굴을 떠올리며 편지를 적거나, 그리운 이름을 우편함에서 발견할 때면 마음이 환하다. 메시지나 전화로 건네기 아쉬운 말들은 꼭 편지에 담는다. 공들여 편지지를 고르고 시간을 쏟아 글자를 채워 넣는 일은 번거롭지만 어쩐지 근사해 보인다. 가까운 이들은 먼 곳에 머물거나 여행을 떠날 때면 내게 꼭 편지를 부쳐주었다. 특별한 날이나 그 어떤 날도 아닌 날에 편지를 써 주는 이들과는 조금 더 비밀스러운 이야기를 나눴다. 간혹 "편지를 좋아해"라고 말하는 이에게는 금방 마음을 열었다. "나도"라고 말한 뒤에 그와 편지를 주고받은 적이 있던가. 그렇게 좋아하는 게 같다는 이유로 금세 누군가의 일부를 좋아하던 시절이 있었다. 누군가와는 강아지, 또 다른 누군가와는 여행 이야기를 나눴다. 서로 맞장구를 치거나 더러는 한쪽만 신이 나는 경우라도 서로의 취향을 공유하는 일엔 늘 즐거움이 따랐다.

때로는 누구와도 공유하지 않았지만 내가 좋아하는 것에 홀로 애정을 쏟았다. 어떤 그림이나 노래, 어느 공간이나 산책길은 매번 나를 기쁘게 했다. 그런 날엔 마음이 단정해지고 고와져 '좋다'고 소리 내 말하곤 했다. 언제부터였는지 알 수 없지만, 작은 노트 안에 '내가 좋아하는 것들'을 적어나가기 시작했다. 어느덧 그 일은 일종의 휴식이자 놀이가 되었다. 작지만 확실한 행복들을 기록하고 나면 나를 둘러싼 세계가 훨씬 아름다워지는 기분이 들곤 했다. 뿌듯하고 따뜻했다.

계절이 여러 번 바뀌는 동안 노트 한 면을 가득 채웠다. 그 얘기들을 모아 책으로 엮었다. 글을 쓰는 동안 줄곧 하나의 장면을 머리에 그렸다. 좋아하는 사람을 앞에 두고 내가 좋아하는 것들을 소개하는 상상. 마주 보고 앉은 자리, 좋아하는 이와 눈을 맞춘다. 어느 평범한 날 새로이 발견한 기쁨을 이야기하는 내 얼굴이 밝다. 맞은편 이의 얼굴에도 미소가 보인다. 그는 가끔씩 고개를 끄덕이거나 "좋지." 하는 추임새를 넣는다. 시간은 눈 깜빡할 사이에 흐른다. 좋아하는 것들에 대해 이야기할 땐 늘 그런 식이다. 말을 마치면, 이제 잠자코 있던 이의 순서가 온다.

"그나저나 당신은 무엇을 좋아하세요?" 내가 물으면 상대는 골똘히 생각하는 시늉을 하다 곧 이야기를 시작할 것이다. 이번엔 내가 턱을 괴고 의자를 당겨 앉을 차례다. 좋아하는 시간을, 우리는 그렇게 나누어 가진다.

하람

그나저나
당신은 무엇을 좋아하세요?

필요한 만큼의
행복을 찾기 위해

잠시 생각에 잠겨

오늘을 차분히
들여다봐요

이 온기가 바로
사랑일지도 몰라요

내 것이라고 말할 수 있는 것들

"너네 아빠가 연애할 때 편지를 얼마나 많이 써줬는지 몰라. 글은 또 얼마나 잘 썼다구." 어느 한가로운 오후, 엄마가 말했다. 내가 글쓰기를 좋아하는 건 누굴 닮아서일까 이야기 나누던 중이었다. 덤으로 두 분의 연애 시절까지 엿본 기분이었다. "그런 건 꼭 너희 아빠를 닮았다니까. 신기하지?" 엄마 뱃속에서부터 타고난 성향은 온전히 나의 것일까. 그럼 나를 이루는 것들 중 어디까지 내 것이라고 말할 수 있을까. 문득 엉뚱한 궁금증이 생겼다. 글쓰기를 좋아하는 성질은 어쩌면 나의 것이면서 또 아빠의 것은 아닐까.

언젠가는 엄마가 나를 임신했을 때, 매일 늦은 새벽까지 라디오를 듣는 게 낙이었단 얘기를 알게 됐다. 내가 라디오를 켠채 잠이 드는 일이 많은 건 모두 엄마를 닮아서일 거다. 세상에 존재하기 전부터 듣고 자라 낯설지 않은 소음이었는지도 모른다. 그런 생각을 하다 보면 처음부터 내 것이었던 건 하나도 없구나, 새삼스러운 결론에 가닿는다. 그 어떤 것도 완벽히 '나의 것'이라고 단정할 수 없다면 나는 내가 사랑했고, 사랑하는 것들을 내 것이라고 여겨야지. 그렇다면 아끼는 이에게 편지를 보내는 마음으로 글을 쓰는 일과, 밤 늦도록 라디오에 귀 기울이는 일도 이제는 내 것이라고 말할 수 있다.

필요한 만큼의 행복을 찾기 위해

반경 30cm의 세계

저녁이면 노트북을 들고 침대로 간다. 몸이 나른해질 무렵이면 침대가 그립고, 잠을 청하기엔 이른 시간이라 궁리해낸 일이다. 한낮의 침대는 금기의 언덕이기에 해가 중천인 오후엔 가까스로 아껴두는 일과다. 침대 맡에 둘 간식거리는 늘 신경을 쓴다. 노트북 자판에 지문을 묻히거나 부스러기를 흘리지 않으려면 꽤 깊은 고민과 까다로운 선택이 필요하다.

하지만 고민은 쉽게 무너지고 결국 그 밤에 가장 어울리는 음식이 침대 곁을 차지한다. 침대 머리에 등을 기대고 노트북을 끌어와 다리 위에 올린다. 손 닿는 거리에 차와 책과 라디오가 있고 침대 위엔 휴식이, 창밖엔 밤이 있다. 그대로 밤이 깊어 가면 '더할 나위 없네'라고 소리 내 말하다가 지금 이 순간 반경 30cm의 세계와 사랑에 빠진다. 이만하면 충분한 세계, 그 순간엔 고작 한 뼘만 한 세계가 내가 가진 전부라도 좋을 것만 같다.

그나저나
당신은 무엇을 좋아하세요?

느린 취미를 가진 사람들

대학에 입학했을 때 교내 흑백사진 동아리에 들었다. 남대문에서 구입한 중고 필름 카메라를 들고 처음 출사를 갔던 날이 떠오른다. 북촌 한복판에 카메라를 메고 있는 내가 제법 근사하게 느껴졌다. 하지만 현상이나 인화 같은 번거로운 작업엔 흥미가 없었고 지루한 무채색톤 사진만 갖는 것에도 곧 싫증이 났다. 그 시기의 나는 여느 대학생과 다름없이 한시도 쉴 틈이 없었다. 잠은 죽어서나 자는 것이라고 떠들던 날들이었다. 사진이 좋아 동아리에 가입했지만 흑백사진은 가장 따분한 취미였다. 당연히 사진 동아리 활동은 하는 둥 마는 둥 했다. 촬영해놓고 현상하지 못한 필름 몇 롤만을 남긴 채 졸업을 했고, 그 후로 수년이 지났다.

나는 여전히 호기심이 많고, 대부분 들뜬 채로 산다. 쉽게 싫증을 내는 성미도 그때와 별반 다르지 않다. 대신 달라진 점이 하나 있다면 이제는 느린 취미를 가진 사람들을 동경하게 되었다는 것이다. 필름 사진을 찍고, 도자기를 굽고, 식물을 가꾸는 사람들. 그 사람들이 가진 세계는 내가 가진 세계보다 훨씬 묵직하고 충만할 거라 믿는다. 번거롭고 느린 취미를 갖는다는 건 변덕 부리지 않는 단단한 태도를 갖는 일과도 같으니까. 그 차분한 마음으로 바라보는 세상이 궁금하다.

아끼지 않으면서 아끼는 책들

아끼던 노트가 있었다. 하얗고 부드러운 덮개가 예뻐 애지중지했다. 그 노트만큼은 함부로 다루지 않았다. 노트를 펼치면 손에 힘을 주고 반듯하게 글씨를 썼다. 다른 노트가 닳아가는 동안 하얀 노트를 꺼낸 건 손에 꼽았다. 그 노트를 잊고 있음을 알아챘을 땐 오랜 시간이 흐른 뒤였다. 모처럼 꺼내 본 노트는 색이 바래 있었다. 사람의 손을 타지 않는 물건도 스스로 늙을 수 있다는 사실을, 나는 그때 처음으로 알게 됐다. 아끼던 만년필도 마찬가지다. 아끼느라 쓰지 않고, 쓰지 않느라 잊힌 동안 잉크가 말라버렸고 더는 어떤 글자도 쓸 수 없게 되었다.

'아끼다'라는 말은 묘하다. 소중히 아끼는 틈에 쓸모를 잃은 물건들이 내게 몇 가지 있다. 요즘은 좋아하는 책에 흔적을 남기기 시작했다. 책장 귀퉁이를 접거나 문장에 밑줄을 긋고 때로는 포스트잇을 붙이고 낙서를 한다. 그러면 잘 아끼고 있다는 생각이 든다. 밑줄 친 문장을 골라 읽다가 아끼지 않는 게 아끼는 방법일지도 모르겠다는 생각을 했다. 늦어버렸지만, 색이 바랜 노트와 잉크가 마른 만년필도 그렇게 다시 잘 아끼고 싶다.

필요한 만큼의 행복을 찾기 위해

앤디의 장난감

만화영화에 빠져 캐릭터 상품을 사 모으거나, 연예인에 마음을 빼앗겨 브로마이드로 방을 치장해본 적 없는 내게 '무엇을' 수집하는 일은 낯선 것이었다. '좋아하면 모으고 싶어지는' 욕망을 처음 느낀 건 직장인이 되고 나서였다. 픽사의 열혈 팬인 나는 삶이 무기력할 때마다 「토이 스토리」 시리즈를 다시 돌려 보곤 했는데, 어느 날 문득 등장인물 앤디의 카우보이 장난감인 '우디'에 마음을 빼앗기고 말았다. 부츠 오른쪽 바닥에 'Andy'라고 적힌, 등 뒤의 고리를 잡아당기면 'There's a snake in my boot!'라고 말하는 서부의 카우보이라니! 그 길로 나는 우디 피규어를 구매했다. 우디의 쓰임새라면 단지 책장 한구석에 가만히 놓여 있다가 종종 나와 눈을 마주치는 일뿐이었지만, 그게 알 수 없는 위로와 행복이 되었다.

우디를 시작으로 「토이 스토리」 친구들 — 버즈, 미스터 포테이토, 렉스, 알린 — 을 사 모았다. 그리고 어느덧 책장 한 칸을 다 내어줄 만큼 그 개수가 늘어났다. 극 중 앤디는 대학에 진학하며 아끼던 장난감들과 이별했다. 그 장난감들이 지구 반대편, 어느 직장인의 방에 그대로 모여 있는 모습을 본다면 앤디는 어떤 표정을 지을까. 아마 무척 반가워할 것 같다.

그나저나
당신은 무엇을 좋아하세요?

아이스 라떼의 첫 모금

한여름에도, 한겨울에도 각얼음이 잔뜩 섞인 아이스 라떼를 마신다. "속에 장작이 타고 있네요." 언젠가 한의사 선생님이 시의 한 구절처럼 되뇌던 그 말이 떠오른다. 불과 몇 년 전까지 커피는 내게 어려운 존재였다. 어쩌다 커피를 마실 때면 있는 힘껏 숨을 참았다. 그러면서도 오기를 부렸다. 입맛에 맞는 달콤한 커피로는 쉽게 타협하지 않았다. 원두커피를 여유롭게 음미할 줄 알아야 스스로를 진짜 어른으로 인정할 수 있다는, 근거 없는 신념 탓이었다.

어린 시절부터 커피는 굽이 높은 뾰족구두나 '캬' 소리를 동반하는 술 한 잔같이 어른의 세계에서 어른만이 향유하는 상징물이었다. 엄마의 꽃무늬 찻잔 너머에 무엇이 있는지 궁금해하면 엄마는 "우리 딸도 크면 마실 수 있어"라고 말씀하시곤 했으니까, 그건 어른의 징표임이 분명했다.

시간이 흘러 직장생활 사 년 차, 커피가 사뭇 감미롭게 느껴지던 어느 날 나는 비로소 어른이 됐음을 실감했다. 여유롭게 커피를 음미하는 모습. 꿈꿔오던 어른의 자세 그대로였다. 이제는 정신을 깨우는 이른 아침 아이스 라떼의 첫 모금을, '달그락' 얼음이 부딪히는 명랑한 소리를, 더 이상 숨을 참지 않는 쓰디쓴 커피의 맛을 좋아한다. 어른이 된 것이다!

필요한 만큼의 행복을 찾기 위해

엄마와 같이 입는 옷

가끔 엄마의 이십 년 된 도트 블라우스와 십오 년 된 까만 터틀넥을 빌려 입는다. 품이 넓은 코트, 낡았지만 세련된 스카프는 가을이 오기 전에 미리 빌려두었다. 반대의 경우도 종종 있다. 엄마는 며칠 전 내 옷장에서 에스닉 패턴 블라우스와 스트라이프 재킷을 엄마의 방으로 옮겨 갔다. 손이 잘 가지 않아 옷장 끝에 밀어둔 옷이었는데 엄마에게 훨씬 잘 어울렸다. 엄마와 같이 입는 옷에는 많은 의미가 담겨 있다. 우리가 함께 입는 옷에는 삼십 대와 오십 대의 취향을 아우르는 관대함과 55와 66사이즈를 모두 관통하는 자비로움, 엄마의 짧은 팔을 눈 감아 주는 넉살이 있다. 옷으로 다지는 모녀의 유대는 이십오 년의 나이 차를 무색하게 한다. 엄마의 낡은 가디건을 내 옷장에 가져와 걸다가, 이십 년 전 이 가디건을 걸쳤을 엄마의 모습을 상상하고 미소 지을 수 있는 건 덤이다.

완벽히 게으른 하루

휴식 없는 휴가를 보낸 적이 있다. 회사 일이 바빠 여행 전날까지 야근을 했다. 쏟아지는 잠을 이기며 간신히 짐을 쌀 때 '설렐 틈도 없었구나' 깨닫고는 한숨을 쉬었다. 여행지에서의 시간만큼 기다리는 시간도 소중히 여겨왔기에 아쉬운 마음이 들었다. 여행지에 도착해서도 두고 온 일이 걸려 자주 휴대폰을 꺼내 봤다. 메일을 확인하거나 돌아가서 처리할 일들을 헤아렸고 자주 멍해졌다. 떠나왔지만 결국 완전히 떠나지 못한 채로 휴가를 보냈다.

이렇게 개운치 않은 감정은 오래전에도 느껴본 적이 있다. 학창 시절, 드물게 '공부 잘하는 날라리'가 있었다. 무리 지어 노는데 열과 성을 다하면서도 시험에선 홀로 좋은 성적을 받는 별종. 그런 애들은 꼭 완벽히 놀고 난 뒤에 다시 완벽히 자세를 고쳐 잡을 줄 알았다. 놀 때는 남겨둔 공부 걱정에, 공부할 때는 미뤄둔 놀거리에 마음을 쓰는 나는 그런 모습을 부러워했다. '놀 땐 놀고 공부할 땐 공부하는' 모습이 꽤 멋있어 보였는데 그게 정말로 폼 나는 일이라는 건 오랜 뒤, 어른이 된 후에야 깨달았다.

영혼에도 스위치가 있다면 어떨까 상상해봤다. 그럼 하나의 일에 몰두할 때 딴생각으로 향하는 신경의 회로를 차단할 수 있지 않을까. 내게는 스위치가 없고, 자꾸 두고 온 일이 마음에 걸린다. 그럼에도 일을 갖고 휴식의 귀함을 알아가면서 '최선을 다해 쉬는 일'에 정성을 쏟는다. 몇 차례 휴식 없는 휴가를 보낸 후 얻은 소중한 결론이다.

'돌체 파 니엔테Dolce Far Niente(안일, 무위의 즐거움)'는 이탈리아인들의 생활신조다. 달콤한 게으름을 제대로 누리지 못하면, 영영 마음을 뉘는 법을 잊게 될지도 모른다. 침대를 벗어나지 않는 아침, 시간을 셈하지 않고 마시는 커피, 짬을 내지 않고도 자연스레 반복하는 산책은 되풀이하지 않으면 곧 낯설어지는 일들이다. 완벽히 게으른 하루를 보내본 사람은 안다. 온전한 쉼은 생각보다 어렵고, 생각보다 더 근사하다.

아는 체하지 않는 카페

자주 가는 동네 카페는 커피가 맛있다. 햇살이 잘 드는 창문, 볕 좋은 공간에 흐르는 조용한 음악도 마음에 쏙 든다. 무엇보다 얼굴을 익히고도 선뜻 아는 체하지 않는 사람들이 있어 마음이 편하다. 주문을 받고, 커피를 내리고, 완성된 커피를 건네기까지 사람들은 내내 과묵하고 수줍다. 만약 이곳이 상냥한 질문이 꼬리를 무는 곳이었다면 맛있는 커피와 너른 창문, 근사한 음악을 두고 머지않아 달아났을 거다.

매일 오전, 나는 그곳의 장식품처럼 카페 한구석에 무심히 놓여 있다가 갓 나온 커피 연기처럼 향긋하게 사라지는 일을 반복하고 있다. 거기선 비밀을 간직하지 않고도 마음껏 비밀스러운 사람이 된다. 묻지 않고, 대답하지 않는 곳에서 가장 아끼는 시간을 보낸다. 조용히, 덤덤히 친절을 보여주는 사람들 덕분이다.

불행을 가장한 행운

공항에서 일하기를 꿈꾼 적이 있다. 공항을 떠올리면 설레었고, 그 공간을 드나들며 하는 일이라면 무엇이든 즐거울 것 같았다. 대학 졸업을 앞두고는 사뭇 진지해져 공항을 일터로 삼는 직업을 물색해보기도 했다. 몇 가지 일거리가 눈에 띄었지만 전공을 살려 할 수 있는 일은 손에 꼽았다. 그마저도 조건에 부합하지 않거나 공고가 나지 않는 일들이었다. 막연한 바람이었기에 그 꿈을 오래 간직할 수는 없었다. 머지않아 공항에서의 직장 생활은 미완성의 소망으로 남겨둔 채, 서울 곳곳에서 밥벌이 하며 살게 됐다. 하늘을 바라보다, 비행기를 발견하거나 오래전 꿈꿔본 일들에 관해 이야기할 때 종종 공항을 생각했다. 이루지 못해 아련한 꿈이었지만 떠올리면 웃음이 났다.

서대문에서 사회생활을 시작할 땐 많은 게 처음이었다. 궁금한 게 많았고 열심히 배우자는 다짐이 잦았다. 설레는 마음으로 출근을 하면 나와 비슷한 표정으로 처음을 배우는 이들이 있었다. 매일 그들과 함께라는 사실에 마음이 놓였다. 서대문을 생각하면 그 시절을 함께 지낸 얼굴들이 맨 먼저 그려진다. 일이 손에 붙어 더 이상 처음인 일을 찾을 수 없을 쯤에 여의도로 일터를 옮겼다. 여의도는 크고 높았다. 옷매무새가 단정한 사람들은 늘 바삐 걸었고 나도 그 틈에서 분주한 하루를 보냈다. 멈춰서 정신을 차리면 눈앞에 해야 할 일들이 놓여 있었다. 예전처럼 누군가에게 묻지 않고도 혼자 해결할 만한 일들이라 기뻤다. 책임이라는 건 무겁지만 귀한 짐이었다. 짐을 지고 빌딩 숲을 걷다 보면 제법 어른스러운 기분이 들어 뿌듯했다. 세상의 모든 이름 앞에 빈 괄호가 놓여 있는 상상을 해본다. 그 괄호 안에 적당한 낱말을 골라 넣는 일이 세상과의 관계 맺음이라면 (어리숙한) 서대문과 (노련한) 여의도는 저마다의 의미로 나와 관계 맺은 셈이다.

아직도 종종 공항이 일터였다면 어땠을까 상상하지만 더는 그 꿈을 욕심내지 않는다. 오래전 무모하고 막연한 바람이 현실이 됐다면, 공항은 다른 의미로 내게 간직됐을 거다. 운이 나빴다면 (끔찍한) 공항이거나 (진절머리 나는) 공항이었을지 모를 일이다. 내가 좋아하는 공항을 변함없이 더 오래 좋아하려면 (설레는) 공항에 그대로 머무르는 편이 낫지 싶다. 내게 닥치는 일들의 민낯은 좀처럼 알 수가 없다. 어떤 일은 행운을 가장한 불행으로, 어떤 일은 불행을 가장한 행운으로 온다. 공항에서의 직장생활이 꿈에 머무르게 된 건 분명 불행을 가장한 행운이지 않을까.

지금에 집중하는 태도

올해 세운 가장 첫 번째 목표는 '지금에 집중하는 것'이었다. 여전히 어렵지만 노력 중이다. 내 손을 떠난 일에 미련을 두지 않고 다가올 미래를 앞서 두려워하지 않기. 뿌연 안개가 자욱한 길 위에 서면 내가 발 디딘 자리만 선명히 보이듯, 그렇게 오직 지금을 바라보기. '지금 대신 나중에'라는 말을 의심할 것. 과거는 거짓이고 미래는 환상이라 우리가 가질 수 있는 건 지금뿐이라는, 어느 철학자의 말을 믿어볼 것.

필요한 만큼의 행복을 찾기 위해

그나저나
당신은 무엇을 좋아하세요?

삼십 대의 마음

스물두 살에 작은 디자인 회사에서 아르바이트를 했다. 실장
님을 만난 것도 그때였다. 그녀는 삼십 대 중반의 디자이너였
다. 함께 일할 때마다 그녀를 표현할 많은 단어들을 떠올렸
다. '당차다, 우아하다, 맵시 있다, 사려 깊다'라는 말은 그녀
와 잘 어울렸고 그 모든 말들은 '어른스럽다'의 다른 표현이었
다. 실장님에게는 성숙한 어른의 자세와 여유로운 분위기가
있었다. 또래에게선 발견할 수 없는 아름다움이 있어 나는 늘
선망의 눈빛으로 그녀를 바라보곤 했다.

언젠가 함께 외근을 나가던 길이었다. 대화는 자연스레 나의
대학 생활 이야기로 이어졌다. 나는 모처럼 수다스러웠고 그
녀는 조용히 미소 지어줬다. "아, 하람의 젊음이 너무 부럽다.
한창 좋을 때죠." 실장님의 얼굴 너머로 그녀의 이십 대 모습
을 그려보는 틈에 그녀가 말을 이었다. "나는 이십 대 때 혼란
했던 것 같아요. 반짝였지만, 불안하고 막막한 시절이었죠.
삼십 대로 접어들고부터는 조금 평온해졌달까. 마음이 고요
해요." 그녀는 나의 청춘이 부럽지만 삼십 대가 된 지금이 지
나온 젊은 시절보다 더 소중하다고 말했다. 그때 그녀가 지어
보인 편안한 표정을 오래 기억해두었다.

스물아홉이 된 나는 '서른이 별건가' 싶어 무심한 척 하다가도

남은 이십 대의 날들을 헤아리기 일쑤였다. 스물아홉 해를 살고 서른을 맞이할 뿐인데, 본격적인 어른의 태도를 갖춰야 할 것 같은 기분에 마음 한 쪽이 묵직해지곤 했다. 그럴 때면 실장님의 말을 떠올렸다.

삼십 대를 앞둔 친구들과 만나면 덧없는 세월을 한탄했지만, 그것도 잠시였다. 낯선 감정에서 벗어나는 회복력과 내일의 고난을 미리 점치지 않는 담력은 이십 대를 지나며 길러온 것이었다. 어떤 식으로든 점점 나아지고 있었다. 앞으로는 그보다 더 나은 사람이 되리란 믿음이 이십 대의 시간 끝에 있었다. 서른 이후로 몇 해가 지난 어느 날이었다. 이제는 사십 대 중반이 된 실장님을 다시 만났다. 오래전엔 눈에 보이는 외모나 분위기, 행동으로 그녀의 아름다움을 판단했다면 이번엔 조금 달랐다. 전보다 훨씬 단단하고 근사해진 내면이 보였다. 그동안 어떻게 지내왔는지 궁금했지만 미리 그 대답을 들은 것만 같았다. 한참 이야기를 나누다 말고 그녀가 빙긋이 웃으며 말했다. "하람은 그동안 더 어른이 된 것 같네." 부쩍 의젓해진 기분이 들어 슬쩍 미소 지을 때, 십 년 전 보았던 그녀의 편안한 웃음이 눈앞에 그려졌다.

그나저나
당신은 무엇을 좋아하세요?

적당한 거리

첫 직장에 입사하던 날이 떠오른다. 나는 낯선 사무실 안에서 한껏 긴장을 했다. 옆 팀 윤 대리님은 내게 "직장 생활 팁을 전수해주마!" 말씀하셨다. 몇 가지의 규칙과 요령을 부르는 대로 받아 적었다. 대리님은 마지막 말을 특히 힘주어 강조했다. "참, 인간관계가 다 그렇지만 회사 사람들하고는 적당히 거리를 둬요. 그래야 편해." 선을 긋고 거리를 두는 게 직장 생활의 팁이라는 말에 긴장했던 마음이 더 얼어붙었다. 노트에 '적당히'라는 글자를 적고 밑줄을 쳤다. 성인이 되었다고 모두 어른은 아니구나, 생각하니 마음이 조금 쓸쓸해졌다. '적당히'는 눈으로는 가늠할 수 없는 거리였다. 사람들과 멀어지고 가까워지기를 반복했지만, '적당히'란 말은 오랫동안 어렵기만 했다.

그 후로 몇 해가 지났다. 새로운 관계를 맺고 이어가는 동안, '적당한 거리'란 말을 자주 떠올리곤 했다. 마음을 주면 돌아올 마음을 기대하고, 마음을 받으면 건넬 마음을 셈하던 시절을 지나 이제는 '적당한 거리'를 생각한다. 허황된 기대, 미움이나 질투, 실망이 자라나지 않도록 손을 벌려 간격을 만든다.

'적당히'는 여전히 가늠할 수 없는 거리지만 서로를 해치지 않을 만큼의 거리라는 건, 이제 어림하여 알 수 있다. 해치지 않는 거리는 바꿔 말해, 소중한 관계를 건강히 지켜낼 수 있는 거리다. 윤 대리님의 말이 맞았다.

108번 버스의 올드 팝송

매일 아침 108번 좌석버스를 타고 출근하던 시절의 얘기다. 회사까지는 버스로 한 시간이 걸렸다. 여유 있게 회사에 도착하려면 일곱 시에 집 앞을 지나는 버스를 타야 했다. 이른 시간인 데다 아침잠이 많은 탓에 버스에 앉으면 꼭 깊은 잠에 빠졌다. 버스 기사님은 선한 눈매와 단정한 목소리를 가진 분이셨다. 버스를 잡아타면 기사님은 늘 "안녕하세요!"라고 인사를 건네셨고, 그 목소리로 하루의 시작을 실감하곤 했다.

하루도 빠짐없는 기사님의 인사만큼, 버스엔 매일같이 올드 팝송이 흘렀다. '올드 팝송'이라는 이름을 떠올린 건 비슷한 음악을 지하철에서 접한 기억 때문이었다. "흘러간 명곡을 CD 한 장에 모아"로 시작되는 지하철 행상 아저씨의 말끝에 '올드 팝송 전집'이라는 이름이 있었다. 나는 승차 칸에 흐르는 올드 팝송을 좋아했다. CD를 사가는 사람은 손에 꼽았지만 오래된 팝송에 은근슬쩍 귀를 기울이는 이는 많았다. 맞은편 자리의 얼굴들을 보면 금방 눈치챌 수 있는 일이었다.

매일 아침 108번 버스에서 그 올드 팝송을 들었다. 버스 안에 낮게 흐르는 음악을 듣다 보면 곧 눈꺼풀이 무거워졌다. 그렇게 한 시간 남짓 고속도로를 달리다 음악의 볼륨이 커지면 첫 목적지에 다다른 것이었다. 그건 잠든 회사원들을 깨우는 기사님만의 방식이었다.

회사를 관두기로 하고 마지막 퇴근 버스를 타던 저녁, 기사님
께 "음악이 너무 좋아요"라고 고백한 적이 있다. 용기를 낸 말
이었다. 기사님은 "좋지요? 허허허"라며 환히 웃었다. 108번
버스의 올드 팝송만큼 듣기 좋은 웃음소리였다.

그나저나
당신은 무엇을 좋아하세요?

자연스러운 이별

편지를 모아두는 상자가 있다. 상자 앞에 쪼그려 앉아 초등학생 시절부터 모아 온 편지를 읽으면 아주 먼 곳의 기억까지 손에 닿는 기분이 든다. 무심코 상자를 열었다가 과거의 편지들까지 꼬리를 물고 펼쳐본 밤이 있었다. 편지에 적힌 몇 개의 이름은 여전히 가깝고, 몇 개의 이름은 어렴풋하거나 낯설었다. 서로에게 애칭을 붙이고 편지 말미에 자주 사랑한다고 고백하던 사람들이 이제는 흐린 얼굴로 남아 있다. 편지 안에서 '영원한 우정, 영원한 사랑' 같은 말을 발견할 때마다 영원을 좇다 머물러 있는 흐린 얼굴들을 떠올렸다. 누군가는 꼬마의 얼굴, 교복을 걸친 얼굴에 그대로 멈춰 있다.

작별 인사를 나누지 않고 서서히 멀어지는 일도 이별이라 부른다면 그동안 헤아릴 수 없을 만큼 많은 이별을 반복했다. 앞으로 얼마나 더 많은 이별을 하게 될지 모르겠지만 그게 서로의 마음을 해치지 않는 자연스러운 이별이기를 바란다. 벌어진 관계의 틈에 긴 시간이 흐른 뒤, 잊었던 이름을 편지에서 발견하는 일이 기쁨이고 선물이면 좋겠다. 이제는 생각보다 많은 이별이 무고하고 선량하다는 것을 안다. 덕분에 자연스레 멀어지는 관계들을 조금 더 덤덤한 마음으로 바라본다. 멀어지는 일은 외롭지만, 우리가 한 시절을 함께 지냈다는 사실이 기억 속에, 편지 안에 증거로 남아 있다.

기억에서 희미한 이름이 적힌 편지, 그 안에 있던 문장이 한동안 마음에 남았다. 쓸쓸했지만 반가웠고, 허전했지만 기뻤다. 편지 속 문장을 오래 떠올리게 될 것 같다.

"우리 앞으로도 함께할 수 있겠지? 우리야 뭐 언제든 함께이니까."

그나저나
당신은 무엇을 좋아하세요?

보고 싶다는 말

세상에 널린 수많은 사랑의 표현 가운데 '보고 싶다'는 말을 가장 좋아한다. 보고 싶다는 말은 어제에도, 오늘에도, 내일에도 있다. 지나간 시간을 떠올리거나 오지 않은 날들을 기다리는, 고백의, 투정의, 소원의 말. 엄마는 내가 집을 비웠다 돌아오면 꼭 '보고 싶었다'라고 말한다. 애인은 일이 지칠 때마다 내게 꼭 '보고 싶다'고 말한다. 보고 싶다는 말은 빈방 안에도, 지친 책상 위에도 있다. 보고 싶다고 말하면 '나도'라고 대답해줄 사람이 있고, 보고 싶다는 말로 내게 안부를 물어주는 사람들이 있다. 보고 싶은 마음은 늘 예고 없이 온다.
나는 잘 차려진 음식 앞에서 자주 보고 싶은 사람이 생긴다.

마티스의 색종이

볕이 길게 드리우는 화가의 작업실. 휠체어를 탄 노인이 가위로 색종이를 오린다. 단정히 걸친 청록색 가디건이 귀엽다. 발밑에는 잘려나간 색종이 조각들이 서로 다른 모양으로 흐트러져 있다. 하얀 수염이 수북이 뒤덮인 얼굴 속에 천진난만한 표정이 비친다.

화가 앙리 마티스의 사진 한 장. 그 사진으로 나는 마티스의 팬이 되었다. 마티스는 말년에 투병 생활로 붓을 잡을 수 없게 되자 종이에 물감을 칠한 뒤 그것을 오려 붙이는 컷아웃Cut Out 기법을 구사했다. 마티스는 평생 어린아이의 눈으로 세상을 바라보길 원했다. 그래서인지 단순한 형태와 강렬한 색감으로 이루어진 그의 노년 작품을 바라보면, 꾸밈없이 맑은 어린 시절의 자아로 되돌아가는 기분이 든다. 마티스가 보들레르의 시에서 영감을 받아 그림 제목으로 인용했던「호사, 고요 그리고 열락」이라는 시구는 꼭 마티스의 작품을 닮았다. 늙고 병든 황혼, 나는 어떤 모습일지 상상해본다. 어떤 마음과 표정으로 삶을 대할지 궁금해진다. 우선 그때까지 청록색 가디건 한 벌과 색종이 몇 장을 마련해볼까 한다.

감각을 쌓는 시간

대학교 1학년을 마쳤을 때, 동기들이 하나둘 군대에 갔다. 디자인을 전공하고 있었기에 입대를 앞둔 친구들의 고민은 엇비슷했다. 그들 모두 손이 굳는 것을 두려워했다. '어느 선배가 군대에 다녀와 감을 잃었다더라'는 유언비어가 구전으로 내려왔다. 아름다움을 만들고 그려내는 손, 아름다움을 견주는 눈, 아름다움을 의식하는 감각이 굳어질까 봐 친구들은 겁을 냈다. 그런 것들은 한순간에 사라져버리지 않더라도, 쓰지 않으면 곧 무뎌지거나 낡는 것이었다. 예민하게 날을 간 감각으로 전공 분야를 익히고, 언젠가는 이 일로 밥벌이를 해야 했기에 '감각의 휴식기'는 두려운 일이었다. 그 무렵 내게도 비슷한 고민이 있었다. 좋은 걸 만들어내는 감각은 어떻게 쌓는 걸까. 더 근사한 아름다움을 욕심낼수록 내가 가진 감각이 가난하고 빈곤하게만 느껴졌다. 안목과 눈썰미는 학습으로는 터득할 수 없는 것이었다. 눈에 보이지 않기에 그 존재와 양을 가늠할 수 없어 막막했다.

그때부터 자연스레 '보는 일'에 시간을 들였다. 아름다운 것을 유산으로 남긴 이들의 전시나 책을 살피고, 영화나 연극을 보고, 인터넷으로 좋아 보이는 것들을 눈에 익혔다. 몸 안에 쌓여가는 게 무엇인지는 알 수 없었지만, 보는 일을 게을리

필요한 만큼의 행복을 찾기 위해

하지 않을수록 무언가를 만들어내는 작업이 수월하게 느껴졌다. 영화나 음악을 만들고, 흙을 빚거나 그림을 그리고, 사진을 찍는 친구들도 같은 방식으로 고민을 풀어갔다. 그들이 보고 듣고 만지는 일로 감각을 연마하는 모습을 지켜봤다. 점점 더 괜찮은 결과물을 내놓는 이들은 어김없이 감각을 쌓는 일에 공을 들인 이들이었다. 감각이라는 도구는 쓰지 않으면 무뎌지지만, 쓸모를 얻을수록 예민해진다. 둔한 감각을 날카롭게 만드는 데 시간을 쏟는 이들을 보며, 눈에 보이지는 않지만 우리 안에 쌓여가는 것들을 그려봤다.

그나저나
당신은 무엇을 좋아하세요?

복선이라는 느낌

문득 '이건 복선일 거야'라는 실감이 드는 순간이 있다. 자초지종 없이 찾아오는 그 오묘한 순간을 좋아한다.

1.

그날은 한 곡의 음악이 복선이었다. 버스가 목적지를 한 정거장 남겨두었을 때, 라디오에서 바비 맥퍼린의 「Don't Worry Be Happy」가 흘러나왔다. 스물한 살의 초거울, 나는 지난 계절까지 두 번의 소개팅을 실패한 뒤였다. 그날은 뭔가 달랐다. 예감이 좋았다. 절묘한 듯 노골적인 암시를 차마 모른 체할 수 없어, 나는 거울을 한 번 꺼내 본 다음에 속으로 몰래 기합을 넣었다. 'Woo-oo-ooo Don't worry, be happy' 버스를 내리는 순간까지 맵시 있는 목소리가 선명히 들려왔다. 노래 가사처럼 소개팅은 성공적이었다. 나의 첫 연애는 그렇게 시작됐다. 노래 덕분이었다.

2.

어느 날, 나는 글을 쓰기로 마음먹었다. 하늘의 계시라기엔 우습지만, 꽤 진지한 결심이었다. 나는 엄마를 붙잡고 말했다. "엄마, 나는 글을 쓸 운명인 거야. 나 중학교 1학년 때, 좋

아하던 선생님이 담당하던 도서부에 들어갔잖아. 고등학교 1학년 때 단짝 친구 따라서 교지편집부에 지원했던 것도 기억하지? 아르바이트를 처음 시작한 데도 잡지회사였네. 그건 정말 우연이었는데. 작년에 갔던 철학관에서 그랬었지. 내가 종이와 관련된 일을 하게 될 거라고. 내가 미대에 갔으니까 그게 그림을 의미하는 거라고 생각했는데, 엄마 어떡해. 글이라는 뜻이었던 거야. 이건 다 복선이었어!"

내가 글을 써보기로 다짐하고 작가의 삶을 동경할 줄은 몰랐다. 그동안 우연처럼 반복된 일은 정말 복선이었을까. 놀라움에 가득 찬 내 얼굴을 가만히 지켜보던 엄마가 말했다.

"너 어릴 때, 엄마는 네가 시인이 될 줄 알았어."

손톱 깎는 날

마음이 초조하거나, 잡고 있는 일이 잘 풀리지 않을 때 손톱을 깎는다. 밖에서 만족스럽지 않은 하루를 보냈을 때도 마찬가지다. 일을 마치고 집으로 돌아와 씻고, 옷을 갈아입고, 책이나 휴대폰 곁을 기웃거리다가 손톱깎이를 찾는다. 이런 습관이 내게 언제, 어떻게 오게 된 건지는 잘 모르겠다. 아마 머리가 복잡한 어느 날 잠시 딴청을 피우다가 자라난 손톱이 신경쓰여 손톱을 깎은 뒤, 기분이 나아져 생긴 습관일 거다. 손톱을 깎는 동안은 아무 생각도 않게 되고, 그사이에 어떤 감정은 누그러지거나 잊힌다. 아빠는 중요한 일을 앞두거나 마음이 편치 않을 때, 욕조에 뜨거운 물을 받는다. 욕조에 몸을 담그고 나온 아빠의 마음은 전보다 순해졌을까.

손톱을 들여다보다가 잠잠해지는 내 마음을 떠올리면, 아빠의 마음도 짐작할 수 있을 것 같다. 불만스러운 마음이 찾아오는 횟수에 비해 손톱은 천천히 자라난다. 언젠가 고민을 잊게 하는 다른 방법을 찾게 될 수도 있겠지만, 당분간은 손톱을 자르는 시간에 마음을 기댈 것 같다. 우리에게 손톱깎이가, 뜨거운 욕조 물이 있어 다행이다.

인연이라는 말

하루는 서점에서 책을 읽다가 마시던 차를 책 위에 쏟았다. 이미 오래전에 다 읽었던 책이 얼핏 생각나 다시 펼쳐본 찰나였다. 모서리가 젖은 책을 사서 돌아오는 길에 물건에도 인연이 있는 걸까 생각했다.

'인연'으로 설명하기 시작하면 이야기가 길어지는 물건들이 있다. 벼룩시장에서 사 온 작은 장난감들, 동생이 입던 후드티, 헌사가 적힌 책, 해변에서 주운 조약돌과 선물 받은 똑딱이 카메라. 책의 하얀 표지 위엔 여러 사람이 들었다 둔 흔적이 묻어 있다. 무수히 많은 손을 거치는 동안, 책은 적당한 주인이 나타나 주길 바랐을까. '인연이네'라고 말하길 좋아하는 내가 이 책의 주인이 된 건 틀림없이 인연이네, 싶다. 책에도 마음이 있다면 마찬가지로 인연이네, 생각하겠지. 물벼락을 맞은 일은 억울하겠지만.

그나저나
당신은 무엇을 좋아하세요?

하얀 목소리

그 가수의 노래는 라디오에서 처음 들었다. 노래가 흐를 때, 자연스레 노랫말보다 목소리에 귀가 기울여졌다. 익숙지 않은 목소리였기에 알고 있는 여러 가수의 얼굴을 떠올려봤다. 맑고 담백한 목소리를 가진 사람들을 번갈아 그려봤지만, 그 가운데 이 목소리의 주인은 없는 듯했다. 노래가 끝나갈 때 마지막 가사를 붙잡았다. 그렇게 가수의 이름을 알게 됐다. 맑고 담백하다는 표현으로 그의 목소리를 설명하기엔 부족한 감이 있다.

그가 노래를 부를 때의 얼굴, 눈을 감거나 고개를 드는 습관이라든지 '사랑'이라는 단어가 들어간 가사를 말할 때의 표정은 알 길이 없다. 매일 그의 목소리에 담긴 온기를 따라 그런 것들을 상상한다. 그리고 그에 대한 생각은 금방 나에게로 옮겨가 오래전 누군가를 처음 좋아했던 때로, 마음이 처음 아팠던 때나 아픔이 다 잊혔던 때로 돌아가게 된다. 그러고 보니 그의 목소리는 '처음'과 닮았다. 투명하고 하얀 그 목소리를 따라 먼 곳으로 떠나면, 생각보다 많은 처음의 기억들을 만나게 된다.

필요한 만큼의 행복을 찾기 위해

그나저나
당신은 무엇을 좋아하세요?

또 다른 이름

철학관에 간 적이 있다. "자네는 어린 꽃나무야." 사주를 점치던 역술가의 말이 인상 깊었다. 벌판에 균형을 잡고 서 있는 작은 나무를 떠올렸다. "가만 보자. 한여름 태양이 중천에 떠 있어 뜨거운데, 촉촉한 땅이 물을 주는 형국이구만." 마음으로 벌판 위에 해를 그려 넣었다. 타는 뙤약볕에 굴하지 않고 파랗게 자라난 이파리도 덧그렸다. 그날 이후로 마음이 약해질 때면 한여름 허허벌판에 자리 잡은 작은 꽃나무를 떠올리곤 했다. 꽃나무의 일생을 상상하자 내게 주어진 운명의 생김새도 한 폭의 그림처럼 느껴졌다. 계절이나 자연물에 비추어 인간 삶의 희로애락을 이야기하는 방식은 어쩐지 신비롭다. 어떤 이는 초봄의 들판, 어떤 이는 바위틈을 뚫고 자란 화초, 어떤 이는 산이나 태양의 숙명을 타고나는 것이다. 저마다의 삶을 하나의 자연물로 비유할 수 있다면 서로를 "꽃나무야", "들판아"라고도 부를 수 있지 않을까. 상상만으로도 싱그러운 기분이 든다.

영화 「늑대와 춤을」에도 비슷한 이름 짓기 방식이 등장한다. 영화의 제목이기도 한 '늑대와 춤을'은 극 중 인디언들이 주인공에게 붙여준 이름이다. 나머지 등장인물들은 '주먹 쥐고 일어서', '머릿속의 바람', '열 마리의 곰', '많이 웃다' 같은 이

름으로 불린다. 인터넷에서 인디언식으로 이름을 조합해보
니 나는 '용감한 나무'가 되었다. 아무래도 나무로 살아갈 운
명이지 싶다. 어리고 용감한 나무라니, 괜스레 씩씩한 표정
을 짓게 된다.

그나저나
당신은 무엇을 좋아하세요?

케이크와 꽃을 든 뒷모습

해마다 새로운 달력을 꺼내면 가장 먼저 기념일을 표시한다.
달력을 한 장씩 넘기면서 가족과 친구들의 생일, 애인과 처음
만난 날, 중요히 여기는 날짜들을 눈으로 좇는다. 표시하지
않아도 기억할 수밖에 없는 날들이지만 거기에 최대한 공을
들여 고깔이나 별, 하트를 그려 넣는다. 몇 차례 손끝을 밀어
휴대폰에 기념일을 적는 기분과는 다르다. 빳빳한 새 종이의
풋내를 느끼며 열두 장의 달력을 넘기고 나면 마음이 든든하
다. 올해도 어김없이 여러 날을 기념할 테고, 어쩌면 새로운
기념일을 보태는 일이 생길지도 모른다. 케이크 주위로 둘러
앉아 꽃이나 선물을 건넬 오후, 초의 불빛과 노랫소리가 방안
에 가득 찰 밤들을 기다린다.

길에서 종종 케이크나 꽃다발을 든 사람들을 발견한다. 그들
은 함부로 팔을 젓거나 세차게 걷는 법이 없다. 대신 팔에 감
은 꽃다발, 손에 쥔 케이크 상자에 주의를 기울이며 조용한
걸음을 재촉한다. 어떤 미소는 입꼬리와 눈가를 지나 등 뒤로
번진다. 미소 짓고 있는 누군가의 등을 바라보며, 타인의 기
념일을 그려보는 순간이 좋다. 지친 하루의 귀갓길이나 늦은
퇴근길에 조용히 미소 짓는 몇 안 되는 장면들이다.

내 달력 속 4월에서 8월로 이어지는 날들에 고깔과 별, 하트

가 가득하다. 봄을 거쳐 여름의 중턱까지 자주 미소 짓게 될
내 모습을 상상하니 마음에 설렘이 가득 찬다.

독서하는 표정

서점에 가면 책 읽는 사람들의 얼굴을 훔쳐본다. 그 얼굴엔 내가 아는 한 가장 차분하고 평화로운 표정이 담겨 있다. 억지로 과장하지도 치장하지도 않는 고요한 얼굴. 말과 소리의 감각은 소강하고 오직 글자를 쫓는 정신의 근육만 살아 있는 상태. 책의 장르와 공간의 분위기, 간혹 그날의 기분에 따라 미세한 차이가 존재하지만, 고요히 책장을 넘기는 사람에게서는 완벽한 몰입의 순간을 본다. 영국의 극작가이자 소설가인 조지 버나드 쇼는 어디에선가 이렇게 말했다. '뭔가에 몰두해 있는 사람은 행복하지도 불행하지도 않다. 움직이며 살아 있을 뿐. 그건 행복보다 기분 좋은 상태다.' 나는 온 정신을 책의 활자에 쏟다가 번뜩, 이 문장을 노트에 휘갈겨 적는 조지 버나드 쇼를 상상했다.

필요한 만큼의 행복을 찾기 위해

월레스와 그로밋

열한 살, 고모의 손을 잡고 찾아간 극장에서 클레이 애니메이션「월레스와 그로밋」을 보았다. 극장에서 사 온 5종 엽서 세트는 아끼고 아끼다, 가장 좋아하는 친구 다섯 명에게 빼곡히 편지를 적어주는 것으로 모두 다 썼다.

그 후 TV 특선 영화로 방영된「월레스와 그로밋」은 비디오에 녹화해두고 틈이 날 때마다 돌려보았다. 방과 후, 우리 남매의 빼놓을 수 없는 단골 일과이기도 했다. 크래커에 얹어 먹을 치즈를 구하기 위해 로켓을 만들어 달로 떠나는「화려한 외출」편, 그로밋이 생일선물로 받은 전자 바지를 세입자 펭귄이 악용하면서 벌어지는「전자 바지 소동」편, 마을의 '양 실종 사건'을 조사하고 해결하는「양털 도둑」편까지 모든 장면을 선명히 그려낼 수 있다.

여전히 나는 달의 일부가 치즈로 이루어져 있다고 믿는다. 거기에 월레스와 그로밋이 피크닉 매트를 펴고 앉아 치즈를 잘라 먹는 모습을 상상하면 얼굴에 저절로 미소가 번진다.

그나저나
당신은 무엇을 좋아하세요?

남겨진 야채들

가끔 식당이나 카페에서 누군가 머물다 간 자리를 멀뚱히 본다. 아무렇게나 어질러진 식기들을 보며 그 자리에 머물렀던 사람들을 상상한다. 그 위에 남겨진 것들을 살피는 일이 왜 흥미로운지는 알 길이 없다. 이 습관은 오래전부터 지녀 온 것이다. 학교에 다닐 땐 급식 시간마다 친구들이 어떤 야채를 골라내는지 관찰했다. 처량한 완두콩, 쓸쓸한 당근, 눈물겨운 피망이 식판 귀퉁이에 남겨졌다. 누군가 미간을 찡그리고 반찬을 헤집기 시작하면 그 모습을 놀려댔다. 우리는 서로 놀릴 일이 많았다. 안경을 추키고 젓가락질을 하던 모습, 싫어하는 반찬을 미루던 모습으로 누군가를 추억하는 건 그 시절에만 해당되는 일이다. 우리가 더 오랜 뒤에 만나 반듯하게 격식을 차리는 식사 자리에 함께했다면, 별난 식습관을 서로에게 들킬 일은 없었을 거다.

붙어 다니던 단짝 친구는 식초와 오이를 가렸다. 시간이 흘러 예전만큼 자주 친구의 얼굴을 볼 순 없지만, 식초와 오이가 든 반찬을 먹을 때마다 그 친구 생각을 한다. 우리가 매일 함께 마주 앉아 밥을 먹었기에 가능한 일이다.

필요한 만큼의 행복을 찾기 위해

그나저나
당신은 무엇을 좋아하세요?

가벼운 여행 가방

나는 늘 넘치게 많은 짐을 여행 가방에 구겨 넣었다. 언제나 그렇듯 그 모든 짐이 완벽히 쓸모 있던 여행은 결국 단 한 번도 없었다. 그래서 지난겨울, 열흘간 이탈리아 여행을 떠나는 길엔 작은 배낭 하나에만 짐을 꾸렸다. 성긴 털실로 짜인 두꺼운 니트와 디지털카메라, 아끼는 목도리는 부피가 커 끝내 짐 목록에서 제외되었다. 꼭 필요한 옷과 생필품만 추려 담고 기념품 넣어 올 빈자리까지 남겨두자, 이틀간 여수 여행을 떠날 때보다 훨씬 가벼운 가방이 됐다. 그렇게 열흘을 살고 돌아와, 다음엔 더 작은 배낭에 짐을 꾸리자고 다짐했다. 가벼운 짐을 소유하는 건 내게 가뿐한 경험이었다.

요즘 부쩍 '가벼운 삶'을 동경한다. 추운 계절이 시작되었을 땐 입지 않는 여름 옷가지를 정리했다. 새 물건을 살 땐 그게 꼭 필요해선지, 소비의 즐거움을 누리기 위해선지 분명히 구분하려 애쓴다. 버리는 연습은 곧 소중한 것을 남기는 연습임을, 짐이 적은 여행 가방과 간소히 정돈된 삶 속에서 느낀다. 나를 이루는 마음, 나를 둘러싼 공간과 관계가 불필요한 장식 없이 단출하면 좋겠다. 조금 소유하는 대신 더 자유롭고 싶다. 작은 여행 가방처럼, 여백이 많은 그림처럼, 가벼운 리듬의 음악처럼.

필요한 만큼의 행복을 찾기 위해

꽃을 선물하는 순간

꽃을 썩 좋아하지 않는다. 꽃보다는 나무가, 나무보다는 수수하게 피어난 푸른 이파리 식물에 더 마음이 간다. 다만 꽃을 선물하는 일은 좋아한다. 평범한 날을 예기치 못한 분위기로 탈바꿈시키는 데다 존재만으로 그 공간을 화사히 환기시키는 데 꽃만 한 것이 없기 때문이다. 꽃보다 더 꽃같이 만개하는 표정을 보는 건 꽃을 선물한 사람만의 특권이기도 하다. '꽃과 새와 별은 이 세상에서 가장 정결한 기쁨을 우리에게 베푼다'는 누군가의 말은 일리가 있다. 새나 별보다 꽃을 선물하는 쪽이 더 간편하니, 세상에 꽃만큼 맑고 고운 기쁨을 전하는 데 탁월한 수단은 없는 셈이다.

꽃 앞에서 감성도 낭만도 바닥난 사람처럼 시큰둥한 얼굴을 할 때마다 "나이 들면 꽃이 좋아진다"는 엄마의 말이 떠오른다. 믿을 수 없어 고개를 젓다가도, 그 뒤에 따라붙는 "네 나이 때 엄마도 그랬었는데"라는 말에는 어쩐지 신뢰가 간다. 언젠가 내가 나에게도 꽃을 선물하는 순간이 올까?

그나저나
당신은 무엇을 좋아하세요?

널린 빨래

유난히 선명한 어린 시절의 기억이 있다. 정확하게는 '어렴풋
하게' 선명한 기억이다. 아득한 과거의 기억이라 정말로 내게
벌어졌던 일인지 상상으로 그려낸 일인지 분간할 수는 없지
만, 그럼에도 또렷이 기억해내고 싶은 장면이 있다. 초등학교
시절, 수업이 짧은 토요일엔 매번 이른 귀가를 했다. 어린 시
절의 대부분을 들뜬 채로 지냈지만, 오후 전부를 친구들과 노
는 데 할애할 수 있는 토요일은 특히 더 신이 났다. 집에 들
어서면 고소한 음식 냄새와 함께 달그락거리는 부엌의 소음,
TV의 웅성거림이 들렸다. 정오 무렵은 늘 거실 깊숙한 곳까
지 햇살이 밀려드는 시간이었다. 그 노란 햇살을 머금은 빨
래가 늘 베란다 한 쪽에 널려 있었다. 정갈하고 평화로운 풍
경이었다. 내 유년의 모든 토요일은 화창했다. 들뜬 걸음으로
집에 들어서면, 빨랫대 위로 햇살이 가지런히 널려 있는 숱한
날들이 반복됐다. 한참의 시간이 흐른 지금에도, 널린 빨래를
볼 때마다 어렸던 나의 토요일 오후가 떠오른다. 그 기억이
어렴풋이 선명하다.

시간이 흐를수록 기억해야 할 일들이 늘어간다. 동시에 기억
할 수 있는 일들은 줄어든다. 많은 기억이 지워지고, 지우다
만 기억은 흐릿한 흔적에 머물러 있다. 생기고 사라지는 기억

의 틈에 나의 토대를 이루는 중요한 기억들이 있고 그런 기억들은 언제든 생생히 그려낼 수 있다.

나의 토대는 유년 시절의 일상이다. 빨래가 널린 화창한 토요일 오후, 이불 커버를 바꾸던 계절과 계절 사이의 어느 날, 보리차를 끓이던 저녁, 청소기 바퀴 구르는 소리에 잠이 깨던 늦은 아침의 기억이 내 몸 어딘가에 고스란히 새겨져 있다. 사소한 기억들에 뿌리내리고 사는 덕분에 자주 그 기억들을 꺼내 보고, 자주 웃는다.

기지개의 단맛

초등학교 4학년 여름방학이었다. 방학 마지막 날 밤, 잠든 시늉을 하다 시계를 확인하니 밤 열두 시가 지나 있었다. 집은 캄캄하고 조용했다. 가족 모두가 잠든 시간에 혼자 깨어 있는 일은 처음이었다. 방에 불을 켜자 눈이 시렸다. 눈을 비빌 때, 조금 설레었다. 편히 잠들 수 없던 건 다 끝내지 못한 방학 숙제 때문이었다. 당시 학교에선 고학년을 대상으로 한 학년에 한 명씩 방학 숙제를 잘한 학생을 뽑아 상을 줬다. 숙제 내용은 학생들의 자율에 맡겨 스스로 계획한 주제로 숙제를 해내는 방식이었다. 고학년에 접어든 첫해였기에, 나는 방학이 시작될 때 그 상을 노려보기로 마음먹었다. 성적엔 크게 관심이 없었는데 어째서 방학 숙제만큼은 욕심을 냈는지 잘 모르겠다. 방학 숙제 계획서에는 '종이접기', '시집 만들기', '가족들과 요리하기', '신문 스크랩', '동네 식물 탐구하기' 같은 것들을 빼곡히 적어냈다. 실컷 놀지 못한 방학은 그 해가 처음이었다. 방학 내내 숙제에 공을 들였고, 노트와 스케치북이 쌓여갈수록 기뻐했다.

끝내지 못한 방학 숙제를 마무리하고 창밖이 환해질 즈음 기지개를 켜던 느낌이 기억 속에 있다. 무언가를 해냈다는 뿌듯함과 함께, 어쩌면 상을 받지 못해도 괜찮을 것 같은 묘한 기

필요한 만큼의 행복을 찾기 위해

분이 들었다. 며칠이 흘러 학교 조회시간에 나는 '방학 숙제 우수자'로 상을 받았다. 숙제를 하는 데 방학을 바치는 애들은 드물었기에 어려운 일은 아니었다. 그럼에도 결심했던 일을 이뤄냈다는 생각이 들자, 마음이 벅찼다. 그 후로 며칠을 더 상장을 꺼내 보며 뿌듯해했다.

성취와 실패, 사랑과 슬픔을 가장 처음 맛본 때는 언제일까. 모든 순간을 다 기억할 수는 없지만 그 시작의 경험들이 나를 자라게 했다고 믿는다. 가끔 일을 마친 뒤, 팔 벌려 기지개를 켜는 순간에 오랜 과거의 여름을 떠올린다. 기지개는 그때도 지금도 달다.

초등학교 4학년 겨울방학, 그러니까 같은 해 2학기에도 나는 '방학 숙제 우수자' 상을 받았다. 여전히 방학 숙제에 힘을 쏟는 친구들은 많지 않았고, 나는 긴 숙제 끝에 켜는 기지개의 단맛을 알았기에 가능했던 일이다. 지금껏 최선을 다해 이뤄낸 일 중 몇 가지는 과거의 어떤 밤으로부터 비롯되었으리라 믿는다. 그런 생각을 하면 팔을 세게 뻗어 기지개를 켜고 싶어진다.

필요한 만큼의 행복

동네에 '로또 명당'이라고 적힌 가판대가 있다. 드문 일이지만 가끔 그곳에서 복권을 산다. 길게 늘어선 줄을 보며 '역시 인생은 한방이야'라고 생각한다. 그러다가도 금방 마음을 고친다. 우습지만 복권 일등 당첨자가 되는 상상을 하면 섬뜩한 기분이 든다. 요행을 바라면서 요행이 두려운, 이상하고도 모순된 감정이다. '쉽게 얻으면 쉽게 잃는다'는 신념 때문이다. 간편히 손에 쥔 것들은 어느 날 맹랑히 사라져버릴 것이다. 한순간 거대한 행운을 얻는다면, 기쁨의 무게를 달아 같은 값의 고통을 감수하게 될 거라 믿는다. 내게 주어진 기쁨과 슬픔을 천천히, 조금씩 나누어 쓰고 싶다. 범람하는 행운 대신 내게 꼭 필요한 만큼의 행복만이 곁에 머문다면 좋겠다. 복권 당첨보다 더 어려운 바람인지도 모르겠다.

잠의 마술

내게 많다고 자부할 만한 것이 있을까 생각해보면 한 가지가 떠오른다. 바로 '잠'이다. '많다'는 말 앞에 돈이나 능력, 머리숱이나 말 혹은 욕심, 웃음, 겁, 눈물, 호기심 같은 단어를 옮겨봤지만 모두 마땅치 않다. 어떤 것은 많기보다는 적고, 어떤 것은 가졌다가도 곧 잃는 것이라 많고 적음을 헤아리기가 어렵다. 잠은 한번도 동이 난 적이 없다. 부르지 않아도 나를 찾아오고, 아는 체 않아도 늘 곁을 맴돈다.

"엉덩이만 닿으면 잔다니까." 가족들은 자주 나를 놀렸다. 책상 앞에 매일 할 일이 주어지고 시간은 바쁘게 흐르기에 함부로 잠의 수문을 여는 법은 없다. 다만 잠이 허락되는 순간, 등을 기댈 자리가 주어지면 쉽게 잠에 빠진다. '잠이 온다, 잠에 든다'고도 말할 수 있지만 '빠진다'는 말이 정확하다. 잠기듯 서서히, 까맣게 깊어진다.

한숨을 쉬거나 눈물을 훔치던 밤도 자고 일어난 뒤엔 말끔히 잊힌다. 잊히지 않은 걱정은 흐려지고, 흐린 걱정은 결국 아무것도 아닌 일이 되어 버리기도 한다. '일단 자고 일어나자'라는 말은 꽤 힘이 센 주문이다. 하루에 한 번, 종종 여러 번 '꿈나라'라는 곳을 드나든다. 뿌옇고 깜깜한데 생각보다 멋진 곳이다.

그나저나
당신은 무엇을 좋아하세요?

필름 사진

아침에 눈을 뜨고 몸을 일으키면 보이는 자리에, 여러 장의 필름 사진을 붙여두었다. 고깔 쓴 아빠를 둘러싼 우리 가족, 네팔 국경 앞 인생 첫 배낭여행의 순간, 어설픈 구도로 기울어진 바다, 늦은 밤 친구와 누워 수다를 떨다 지어본 우스운 표정, 콘서트장 데이트를 하던 날의 우리 둘 사진까지. 좋아하는 사진을 골라 붙인 것이다. 새로운 하루는 늘 이 공간을 바라보는 일로부터 시작한다. 그러면 좋아하는 사람들과 지난날의 풍경이 정말 가까운 데 존재하는 기분이 든다. 떠올리는 것만으로 모자란 얼굴과 순간은 이렇게 곁에 두어야 마음이 놓인다. 가끔 어떤 과거는 현재보다 선명하다.

필요한 만큼의 행복을 찾기 위해

솔직한 새해 인사말

익숙한 말에 의심이 드는 순간이 있다. 어느 새해 무렵 '행복한 일만 가득하세요'라는 말이 내겐 그렇게 느껴졌다. 조금 비뚤어진 마음으로 연말을 보냈던 걸까. 그보다 아름답기만 한 인생은 허구라고 믿었던 것 같다. 삶이 근사한 일로만 가득 찬다면 좋겠지만, 사실 어떤 날은 채워 담을 기쁨이 없어 웅크린 채 보내기 마련이니까.

내가 아끼는 사람들에겐 조금 더 솔직하고 또렷한 말로 새해의 안녕을 전하고 싶었다. '행복한 일만'으로 시작되는 문장을 지우고 다시 휴대폰 자판을 두드렸다. '조금 울고 많이 웃는 한 해가 되기를!'

그나저나
당신은 무엇을 좋아하세요?

눈이 맑은 사람들

눈이 맑은 사람들을 몇 알고 있다. 투명한 두 눈을 영혼의 창으로 삼는 사람들. 맑은 눈을 가만히 들여다보는 것만으로 위로가 되는 사람들. 영혼도 나이가 들까 누군가 묻는다면 나는 그들을 떠올리며 어떤 영혼은 늙지 않는다고 대답할 것 같다. 세월의 풍파에 육체가 낡을 동안, 눈빛만큼은 불멸의 섬처럼 꿋꿋이 남아 영혼을 대변한다고 믿는다. 나도 그들처럼 꾸밈 없이 선명한 눈빛을 갖고 싶다. 세상의 모든 사람이 그런 눈빛으로 살아가면 좋겠다. 그래서 '내 눈을 보고 이야기해'라고 말할 때, 그 누구도 마음을 숨길 수 없으면 좋겠다.

담백한 농담

나는 한때 개그맨을 꿈꿨다. 대학 입학 후 교내 동아리 홍보 기간, 개그 동아리 부스 앞에 서성이던 순간 나는 정말로 개그맨이 되는 상상을 했다. 웃기고 싶은 욕망과 웃기는 소질은 다른 것임을 순순히 인정하고 머지않아 단념했지만. 대신, 개그 동아리에 지원했다면 만났을 법한 유쾌한 사람들을 일상에서 곧잘 마주치는 행운을 누리고 있다.

최근 기억에 남는 농담은 내게 디자인 작업을 맡긴 클라이언트의 대사다. 콘퍼런스에 쓸 홍보물을 인쇄소에 맡긴 상황이었다. 일정이 촉박했기에 나는 심장이 졸아들었다. "인쇄소에 연락해보니 잘하면 내일까지 가능하대요. 사장님을 믿어봐요. 우리." 긴장한 마음으로 클라이언트에게 공지하자, 그가 말했다. "그렇게만 된다면, 저는 인쇄소 사장님 손등에 입맞춤해드릴 겁니다." 이 얼마나 우아하고 품격 있는 농담인가. 나는 그 말에 덧붙여 무릎 꿇는 걸 잊지 말라고 조언해주었다.

담백한 농담과 허를 찌르는 재치는 삶의 감칠맛을 살린다. 나는 그런 선량한 우스갯소리를 좋아한다. 어차피 삶은 농담처럼 시작했다 농담처럼 끝나는 것이니, 나는 주어진 인생의 맨 끝에 기필코, 웃다가 자빠지고 싶다. 그리고 다음 생엔 꼭 개그맨이 되겠다.

그나저나
당신은 무엇을 좋아하세요?

새해맞이 목욕

새해가 되면 목욕탕에 가는 일은 연례행사이면서 고결한 의식이다. 말끔한 차림새로 초면인 새해를 맞이하고 싶은 것이다. 목욕탕에 자리를 잡고 앉으면 뿌연 수증기 너머로 열심히 몸을 닦는 사람들이 보인다. 늘 같은 풍경이라도 새해만큼은 엄숙한 느낌이 든다. 그 분위기에 덩달아, 때 묵은 지난 한 해를 씻어내 본다.

영혼이 세 들어 사는 집을 정성으로 쓸고 닦다 보면 평소엔 보이지 않던 몸의 일부가 보이기도 한다. 지난여름 샌들 모양으로 그을린 발등, 지난가을 넘어져 멍이 든 무릎. 어떤 건 미처 다 씻어내지 못하고 남겨둘 수밖에 없다.

목욕을 마치고 나오면 얼굴에 매서운 바람이 스친다. 새해는 늘 얼음장처럼 차갑게 온다. 흘러간 일들과 기다리는 일들을 순서 없이 떠올려본다. 나른한 기분으로 기지개를 켜면 새해가 왔구나 싶다. 새해는 또 졸음처럼 몽롱하게 온다.

필요한 만큼의 행복을 찾기 위해

어둠 속의 춤

전화를 받자 힘없는 그의 목소리가 들려왔다. 아침부터 회사 일이 뜻대로 풀리지 않는 모양이었다. 최근 들어 이토록 그의 목소리가 어두웠던 적이 있었나 마음이 쓰였다. 아까부터 기운 내라는 말만 반복하고 있음을 깨닫는데 그가 말했다. "이따 퇴근하고 저녁에 얼굴 볼까?"

집 앞에서 그를 만나기로 한 시간, 날이 저물어 캄캄한 길가엔 오가는 사람 하나 없었다. 가로등 불빛에 기대 약속 시간을 확인하는데 먼발치에서 인기척이 들려왔다. 곧은 걸음 대신 어깨를 들썩이며 발을 구르는 몸짓. 어설픈 모양으로 그가 춤을 추며 다가오고 있었다. "아까만 해도 기운 없던 사람 맞아?" 그 모습이 너무 우스꽝스러워 손뼉을 치며 웃었다. 그도 따라 웃었다. 돌이켜보니 늘 이런 식이었다. 분하고 속상하고 우울한 감정들을 그는 마음에 오래 담아두는 법이 없었다. "까짓 거, 기운 내서 내일 더 열심히 하지 뭐." 수화기 너머로 그려 본 얼굴과 달리, 환한 얼굴로 웃는 그가 예뻤다.

그가 보여주는 한밤의 춤사위를 감상하는 일이 처음은 아니었다. 가라앉은 기분을 달래야 했을 때, 다툰 뒤 어색한 침묵을 깨야 했을 때, 고단한 시간에 서로가 지친 얼굴을 했을 때도 그는 엉성한 놀림으로 몸을 흔들었다. '춤'이라 부르기엔

그나저나
당신은 무엇을 좋아하세요?

허술한 감이 있는 몸짓 덕분에 숱한 슬픔의 순간들을 웃으며 넘겨왔다. 그의 얼굴을 오래 살펴왔지만 얼굴 위로 긴 시간 그림자가 드리우는 경우는 없었다. 용수철처럼 생긴 마음, 탄성이 좋아 금세 원래의 모양새를 회복하는 마음. 어둠 속에서 걸어 나오는 그에게서 얼핏 그런 마음의 모양새가 보였다. 가끔은 어설픈 그의 춤사위에 같이 장단을 맞춘다. 한바탕 웃고 나면 거짓말처럼 마음에 빛이 든다.

필요한 만큼의 행복을 찾기 위해

part 2

필요한 만큼의
행복을 찾기 위해

잠시 생각에 잠겨

오늘을 차분히
들여다봐요

이 온기가 바로
사랑일지도 몰라요

조용한 새벽

어스름한 새벽 무렵에 깨어 있기를 좋아한다. 다섯 시 즈음 진보라에서 남보라, 붉은보라에서 연보라로 색이 바뀌는 하늘을 보는 일도 좋다. 새벽의 하늘은 숨씨가 좋다. 잠들지 않거나 일찌감치 깨어나도 그 시간을 똑같이 '새벽'이라 부르는 일이 신기해, 새벽에 대해 곰곰이 생각한 적이 있다. 가끔은 당연한 일에 새삼스러운 호기심이 생긴다. 기상청은 '일출 3시간 전부터 일출까지'로 새벽을 정의했다. 국어사전엔 조금 더 우아한 표현이 적혀 있었다. '먼동이 트려 할 무렵'. 먼동이 환해 스탠드 불빛의 쓸모가 사라지고 눈이 무거워지면, 새벽도 함께 저무는 것이다. 그 무렵의 시간은 헤아리지 않고도 자연스레 알 수 있다.

새벽에 별명을 붙인다면 '버티면서 누리기'가 어떨까. 몽롱한 육체를 견디는 동시에 고요의 시간을 만끽하는 순간. 들썩이지 않는 평온의 시간. 새벽은 짧지만, 늘 특별한 선물을 남긴다.

잠시 생각에 잠겨

라디오 심야 방송

라디오를 듣기 시작한 건 중학생 때였다. '우리 반 일등이 라디오 볼륨을 낮게 줄인 채 공부한다더라'는 소문 때문이었다. 솔깃한 고급 정보를 입수한 그날, 나는 창고에 방치되어 있던 구식 라디오를 책상 위로 가져와 닦아두었다. 낮은 라디오 볼륨의 원리는 말하자면 '백색 소음'인데, 그게 학업능력 향상에 어떤 도움을 주었는지는 잘 모르겠다. 내겐 시원찮은 비법이었던 셈이다. 어쩌면 우리 반 일등은 열렬한 라디오 애청자가 아니었을까. 공부와 라디오 감상을 병행할 궁리를 하다, 그 공부법을 발견해냈는지 모를 일이다. 어쨌든 그 길로 나는 라디오에 입문했다. 특히 늦은 밤의 심야 방송을 좋아했다. 고등학교 야간 자율학습 시간, mp3플레이어를 통해 숨죽여 듣는 라디오는 쏠쏠한 오락거리였다. 적막한 교실 곳곳에 웃음소리가 터져 나올 때마다, 서로간에 향유하던 청취자의 동지애 또한 소소한 즐거움이었다.

시간이 흘러 늦은 밤 과제를 하면서, 이력서를 쓰면서, 야근 택시를 타고 귀가하면서 어김없이 라디오를 듣곤 했다. 그 시간은 혼자여도, 함께여도 평화로웠다.

잠시 생각에 잠겨

냄새로 기억하는 시간

붐비는 지하철 승강장, 익숙한 향수 냄새가 나를 아는 체했다. 언뜻 스쳐 간 모르는 이의 향수 냄새가 나를 10년 전으로 데려갔다. 파노라마처럼 대학 캠퍼스 호수의 풍경이 머릿속에 펼쳐졌다. '어디서 사탕 냄새가 난다'고 말하는 그의 목소리가 들렸다. 세 번째 데이트였던 그날, 내가 뿌리고 나온 향수 냄새였다. 나는 신경 써 단장한 것이 멋쩍어 '누가 사탕 먹나 보다' 하고 대꾸했다.

M. 프루스트 『잃어버린 시간을 찾아서』의 주인공 마르셀은 홍차에 적신 마들렌 냄새를 맡고 어린 시절을 회상한다. 작가는 그 순간을 '신비에 가까운 경험, 과거의 모든 기억이 꼬리를 물고 현재의 시간 안으로 홍수처럼 밀려드는 경험'이라고 묘사한다. 지난주에는 낡은 카페에 갔다가 어린 시절에 다니던 피아노 학원을 떠올렸다. 그게 낡은 공간의 체취인지 선생님이 마시던 커피의 잔향인지는 알 수 없으나, 분명 내 몸 어딘가에 새겨져 있던 기억임엔 틀림없었다. 나는 후각이 그리는 그림을 쫓아 검은색 그랜드피아노 앞에 앉는 상상을 했다. 한 편의 꿈처럼 몽롱했다. 코의 감각이 과거의 순간을 복원할 때, 나는 눈을 뜬 채 꿈을 꾼다.

그나저나
당신은 무엇을 좋아하세요?

모순 전쟁놀이

언제 누구에게 했던 말일까, 기억이 흐리다. "막연한 확신이 들어"라는 말을 내뱉고는, '막연한 확신'이라는 말을 곰곰이 되새겨본 날이 있었다. 모순된 말이 낯설고 재미있게 느껴졌다. 조너선 사프란 포어의 동명 소설을 원작으로 한 영화 「엄청나게 시끄럽고 믿을 수 없게 가까운」에도 모순어법이 등장한다. 소년 오스카는 아버지와 함께하는 '모순 전쟁'놀이를 좋아한다. 게임 방법은 간단하다. 모순 전쟁이 시작되면, 번갈아 모순어법을 말한다. '심각한 즐거움, 시끄러운 침묵, 복사 원본, 실종 발견, 확실한 혼돈, 액체성 기체, 학생 선생, 살아 있는 시체, 진짜 모조품, 거의 정확한, 우연한 고의!' 어느 날, 오스카의 아버지는 9.11 테러 때 세상을 떠난다. 그 일이 트라우마가 된 오스카는 그날의 사건을 강박적으로 기억하는 동시에 잊으려 노력한다. 기억하는 동시에 잊는 것. 살아가는 일이야말로 모순 전쟁인 걸까.

'막연한 확신'을 시작으로 나에겐 틈틈이 메모해둔 모순어법들이 있다. 찬란한 고통, 영리한 바보, 영원한 찰나, 달콤한 슬픔, 고단한 휴식, 침묵의 소리, 빛나는 어둠, 성공적 패배, 죽은 삶, 익숙한 낯섦, 가난한 부자, 작은 거인. 모두 모순 같은 삶 속에서 발견한 말들이다.

그나저나
당신은 무엇을 좋아하세요?

우표가 붙은 편지

초등학교 시절 우표를 모았다. 수집의 기쁨이라기보다, 편지 봉투에 붙은 우표를 정성스레 떼어내는 순간의 설렘이 좋았던 것 같다. 우표 수집만큼 친구들과 손편지를 주고받는 일에도 마음을 다했다. 하굣길 우편함 속 수북한 편지 뭉치를 꺼내 나에게 온 편지를 찾는 일은 늘 즐거운 일과였다. 문구점을 지나다 예쁜 편지지를 발견하면 미리 사두는 즐거움도 빼놓을 수 없었다. 편지지는 아무리 많이 모아두어도 늘 금방 동이 났다.

우표가 붙은 편지는 시간이 흐를수록 더욱 먼 거리를 거쳐, 더욱 애틋한 시간을 지나 우편함에 배달됐다. 이등병 남자친구가, 배낭 여행길에 만났던 일본인 친구가, 독일 유학을 떠난 단짝이, 세계 일주 중인 선배가 보내온 편지는 가방에 넣고 다니며 여러 번 다시 읽었다. 봉투에 붙은 우표의 개수만큼 떨어져 있는 우리 거리를 실감하면서, 편지지 위에 글자를 눌러 적는 동안 어떤 표정을 지었을까 상상하면서 그 편지를 읽고 또 읽었다. 잊혀가는 모든 것들이 애틋하지만 우표는, 우표가 붙은 편지는 내게 특별히 더 애틋한 기분을 안긴다.

그나저나
당신은 무엇을 좋아하세요?

기념품을 사지 않는 여행

"기념품 같은 거 사 오지 않아도 괜찮으니까, 재미있게만 놀다 와." 열세 살이었다. 제주도로 수학여행을 떠나던 날 아침, 엄마는 나와 눈을 맞추고 말했다. 나는 제법 고집이 있는 꼬마였기에 고개를 끄덕이면서도 속셈이 있는 미소를 지어 보였다. 현관에서 신발을 신고 집을 나서는 등 뒤로 다시 한번 엄마의 목소리가 들려왔다. "잘 다녀와! 아무것도 사 오지 말고!" 엄마의 당부에는 이유가 있었다. 어린 시절의 나는 견학이나 소풍 길에 기념품 가게를 쉬이 지나치지 못했다. 용돈을 털어 엄마 아빠에게 선물할 기념품을 사기 위해서였다. 색색의 기념품을 살피는 일이 즐거웠을까? 먼 곳에 다녀왔다는 사실을 자랑하고 싶어서였을까? 엄마 아빠가 좋아하실 모습을 기대했을까? 잘 모르겠지만 집으로 향하는 길, 배낭 안에 언제나 엄마 아빠를 위한 작은 기념품을 챙겨 넣었다.

며칠 전 유럽여행을 떠난 친구가 "뭐 갖고 싶은 거 없어?"라고 묻기에 "없어, 네가 건강히 돌아오는 게 선물이야"라고 말했다. 먼 곳에서 내게 마음을 써주는 이들이 고맙다. 고맙지만, 한 편에 편치 않은 마음이 남는다. 여행지에서만큼은 타인을 위해 자신이 누릴 한가로운 순간을 포기하지 않았으면, 손가락을 접어가며 가방에 담을 선물의 개수를 헤아리는데 여행의 시간을 낭비하지 않았으면 싶다. 친구에게 "선물은 신경 쓰지 말고 즐겁게 지내다 와"라고 말하자, 꼭 엄마처럼 군다는 대답이 돌아왔다. 엄마도 내 마음과 같았을까. 친구는 그런 마음을 들여다본 건지 "대신 사진 많이 찍어갈게, 재밌는 얘기 많이 만들어 갈게." 말한다. 떠나고 싶은 이에게 낯설고 즐거운 얘깃거리만큼 좋은 게 있을까. 점점 손에 잡히지 않는 선물이 좋아진다.

수학여행에서 돌아온 날, 거실 장식장 위에 돌하르방 모형을 두던 엄마의 모습이 떠오른다. "어땠어? 여행 가서 재미있는 일 있었어?" 엄마의 물음에 나는 어떤 선물을 늘어놓았을까. 엄마가 좋아하는 선물은 기념품 가게에는 없는 것이었는데.

인도처럼 덥다는 말

"오늘 엄청 덥다. 꼭 인도 같아!"

뉴스에서 연일 폭염 소식이 들려올 즈음이면 생각나는 친구가 있다. 매해 여름 "인도처럼 덥다!"고 외치는 일은 우리의 연례행사다. 오래전 뜨거운 여름의 열기 속, 친구와 나는 인도를 여행했다. 땀띠로 곤혹을 치러도 마냥 즐거운 생애 첫 배낭여행이었다. 그때부터 여름은 우리에게 그냥 여름이 아니라 '인도 여행을 떠났던' 여름이 되었다.

뜨거운 뙤약볕에 한 줌 재가 될 것 같은 날이면 뜨거운 여름날을 지냈던 스물세 살의 우리가 떠오른다. 어쩌면 반사신경을 갖게 되었는지도 모른다. 숨이 턱 막히는 더운 공기를 마실 때마다 뜨거운 델리 거리가 눈 앞에 펼쳐지는 추억의 반사신경. 곧 "인도처럼 덥다!"라고 외칠 여름이 온다.

잠시 생각에 잠겨

평화가 기른 망고

기억해야지 다짐하고도 잊는 것들이 있는가 하면, 기억할 줄 몰랐지만 선명히 남는 것들도 있다. 선명히 남은 '의도치 않은 기억'은 바로 룸비니의 망고다. 룸비니는 네팔에서 인도로 넘어가는 국경 부근의 작은 도시다. 배낭 여행객인 우리는 룸비니에 있는 한국 사찰인 대성석가사에 머물렀다. 그곳은 몸을 씻고 뉠 곳, 식사와 쉼터를 제공해주었다. 사찰은 사람으로 치면 과묵하지만, 잔정이 많은 호인이었다. 사찰 안에서는 평화의 모양을 정확히 마음에 그려낼 수 있었다.

하루 중 가장 고대하는 시간은 공양 시간이었다. 부실한 식사를 이어가던 배낭 여행객에게 사찰 음식은 소박하지만 근사한 한 끼였다. 따뜻한 국과 보리밥, 나물 반찬과 과일이 끼니마다 준비됐다. 망고라 불리는 과일을 생애 처음 만난 순간도 바로 그때였다.

망고는 놀라웠다. 우아하게 달콤하고 황홀하게 부드러운 과육은 입안에서 미끄러지듯 자취를 감췄다. 샛노란 향기만이 코끝에 걸려 있다가 잠잠히 퍼져나갔다. 이토록 달고 싱그러운 과일은 처음이었다. 그날부터 매일 공양 시간을 기다렸다. 어떤 걸 손꼽아 기다리는 일은 오랜만이라 틈틈이 시간을 살피는 내 모습이 우습지만 좋았다.

사찰을 떠나 다른 여행지를 여행하는 동안에도 매번 시장에 들러 망고를 샀다. 더 크고 좋은 빛깔의 망고를 몇 번 맛보았는데, 그 가운데 룸비니의 망고에 견줄만한 것은 없었다. 그때마다 먼 곳에 소중한 걸 두고 온 마음으로 룸비니의 망고를 떠올렸다.

룸비니에서는 끼니를 챙기거나 낮잠을 자고, 사찰을 걷는 일로 하루를 다 채웠다. 모기장 안에서 늘어지게 낮잠을 자고 일어나 느린 걸음으로 사찰을 거닐 때면 그곳의 향기가 달게 느껴졌다. 사찰을 걷는 동안엔 어떤 일도 셈하지 않고 천천히 뒷짐을 지고 걸었다. 달았던 공기의 향을 떠올리면, 룸비니 망고의 비밀을 알 수 있을 것도 같다.

그나저나
당신은 무엇을 좋아하세요?

빵집을 거치는 산책 코스

동네에 좋아하는 빵집이 있다. 공원 길을 거쳐 육교를 넘어, 어린이집과 초등학교를 지나면 보이는 작은 빵집이다. 매일 오후면 그 길목에 노란 가방을 멘 꼬마들이 재잘대며 몰려든다. 아파트 단지 사잇길에는 월요일이면 과일 트럭이, 목요일이면 다코야키 트럭이 온다. 빵집에 다녀오면서 오늘은 트럭에도 들러봐야지 결심하고도, 돌아오는 길엔 얼른 빵을 맛볼 생각에 발걸음을 재촉하기 일쑤다.

문방구가 지키던 자리엔 카페가 들어섰지만, 미용실과 독서실은 여전히 그대로다. 무거운 외투를 찾는 횟수가 줄어들고, 볕을 쬐러 나간 산책 길이 하염없이 길어지는 계절이면 매일 이 길을 걷는다. 오래된 나무가 울창한 길가를 걸으면 풀 내음이 진동한다. 그 길목에선 큰 숨을 여러 번 들이쉰다. 그러면 마음에 초록색 기분이 물든다.

잠시 생각에 잠겨

나를 움직이게 하는 계기들

대학교 1학년 겨울방학이었다. 친구와 영화 「스텝 업」을 봤다. 영화는 '춤'을 소재로 청춘들의 꿈과 사랑을 이야기한다. 스트리트 댄서인 남자 주인공과 발레리나 지망생인 여자 주인공은 춤으로 아름다운 무대를 완성한다. 영화를 보는 내내 스크린 속 배우들을 따라 발을 구르다가, 감탄하다가, 제법 근사한 폼으로 춤을 추는 나를 상상해봤다. 영화가 끝나고 멍해져 있는 틈에 친구가 말했다. "우리 춤 배워 볼래?" 그녀는 자주 "해볼래?"라고 미끼를 던지는 친구였다. "해볼까?" 나는 늘 그랬듯 덥석, 미끼를 물었다.

바로 다음 날 우리는 댄스 학원에 등록했다. 전면 거울 속에 비친 내 몸짓은 상상하던 것보다 더 우습고 어설펐다. 학원은 한 달이 안 돼 관두었다. 몸살이 났는지, 소질의 한계를 깨달았는지는 모르겠지만, 다만 춤추는 누군가를 보며 '춤을 추고 싶던' 기분만은 아직 선명히 남아 있다. 가끔 '글을 쓰고 싶게 만드는 글'이나 '그림을 그리고 싶게 만드는 그림'을 만난다. 그러면 댄스 학원을 등록하던 그날의 마음으로 글을 쓰고, 그림을 그려본다. 그렇게 나는 나를 움직이게 하는 계기들을 기다린다. 요즘은 날마다 일기를 쓴다. 누군가의 일기를 읽은 어느 날부터였다. 사실 꽤 많은 것들이 이렇게 시작됐다.

그나저나
당신은 무엇을 좋아하세요?

예술가에 관한 상상

책을 읽거나 그림을 보다가 작가에 관해 상상하는 일이 좋다. 성격이나 겉모습뿐 아니라 사소한 취향부터 말투까지 그 사람을 이루는 모든 것들을 떠올리는 일은 즐겁다. 외모에서 풍기는 분위기와 표정을 상상하기엔 글이, 처한 환경이나 그 감정을 가늠하기엔 음악이, 영향을 끼친 유년의 기억이나 취향을 그려보기엔 그림이 좋다. 무명의 작가일수록, 낯선 작품일수록 좋다. 그리고 멋대로 상상한 그대로가 맞는지는 확인하지 않는 일이 좋다.

잠시 생각에 잠겨

그나저나
당신은 무엇을 좋아하세요?

제 몫을 다한 것들

여름이 갔다. 선선해진 바람을 타고 세 번째 계절이 올 차례다. 아침엔 우편으로 부칠 소포가 있어 우체국에 다녀왔다. 채비를 하고 아파트 단지를 나서는데 주차장 공터에 못 보던 물건들이 옹기종기 모여 있었다. 분리수거 날도 아닌데 뭐지, 싶어 다가가니 목이 긴 스탠드 선풍기 다섯 대가 줄을 맞춰 서 있었다. 낡고 고장 나 버려진 선풍기들이었다.

그 순간 나도 모르게 "어떡해"라고 소리 내 말했다. 한 철 제 몫을 다한 것들의 마지막 모습이 안쓰러웠다. 사진을 찍어두고 싶어 더 가까이 다가가 보았다. 동그란 철망 한가운데는 촌스러운 야자수 그림이 그려져 있거나, 긁혀 알아볼 수 없는 회사의 사명이 적혀 있었다. 어떤 건 군데군데 버튼이 빠져 있기도 했다. 선풍기에게도 마음이 있다면 지독한 무더위를 쫓는 데 수 년을 바치고, 명예로운 퇴장을 앞둔 기분이 어떨지 묻고 싶다. 지나간 날들의 소회를 털어놓자면 이박삼일이 모자랄지도 모르겠다.

우체국에 들렀다 집으로 돌아오자, 식탁에 엄마가 사둔 사과 봉지가 놓여 있었다. '우박 맞은 보조개 사과'라고 적힌 봉지 속을 자세히 살피니, 여기저기 파이고 긁힌 상처가 가득하다. 측은하지만 그보다 대견한 마음이 앞선다. 제 몫을 다해 열매 맺고, 제 몫을 다한 뒤 물러나는 것들이 좋다. 내가 알고 있는 누군가를 닮았고, 어쩌면 나도 닮고 싶은 모습이라서일까.

그나저나
당신은 무엇을 좋아하세요?

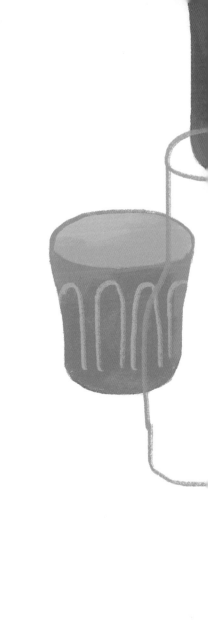

떠올리고 마는 얼굴

버스 정거장에서 낯익은 얼굴을 봤다. 초등학교 때 같은 반이던 그 친구의 얼굴을 멀리서도 한눈에 알아볼 수 있었다. 아는 체를 할까 발을 떼다가 걸음을 멈췄다. 꽤 가까이 지내던 사이였지만 만나지 못한 세월이 오래였다. 어색한 안부를 주고받느니 적당히 거리를 둔 채 홀로 반가워하는 편이 나았다. 곧 친구를 태운 버스가 떠났고, 어쩐지 오후 내내 그 친구의 얼굴이 머릿속을 떠나지 않았다. 어디선가 그 친구를 다시 보게 된다면, 그땐 다가가 말을 건넬까? 아마 그때도 멀리서 바라보는 일이 전부일 거다. 친구의 얼굴이 어른거리는 오후를, 하루를, 며칠을 보내게 된대도 어쩔 수 없다.

며칠 전 꿈엔 고등학교 친구가 등장했다. 꿈속의 우린 마주보고 앉아 여러 이야기를 나누었다. 한바탕 웃고 떠들다 잠에서 깨어났을 때, 그 친구가 보고 싶어졌다. 궁금하고 애틋한 마음으로 '네가 꿈에 나왔다' 친구에게 문자를 적다가 도로 지웠다. 어떤 감정이었을까. 하고 싶은 말을 내뱉기 전의 마음으로 조금 더 머물고 싶었다. '보고 싶다'라는 말을 삼키고 보고 싶은 마음에 멈춰 있는 마음이 좋았다.

스쳐 가는 생각들 사이에 누군가의 얼굴이 선명히 잡히는 하루가 있다. 그때마다 안부 문자를 건네거나 전화 너머로 목소리를 듣지만, 때로는 그저 떠올리는 데 그친다. 그렇게 흐리지만, 진실한 마음에 머무르는 일이 좋다.

그나저나
당신은 무엇을 좋아하세요?

위로의 음식

회사에서 일이 잘 안 풀릴 때면 옆자리 동료이자 절친한 벗에게 구조 요청을 했다. 세상일 내 마음 같지 않다는 눈빛을 쏘아 보내면, 그녀는 의미심장하게 고개를 끄덕였다. 무언의 합의가 이루어지면 우리는 회사 맞은편 가게로 갔다. 감자 수프를 먹기 위해서였다. 영혼을 위한 감자 수프라고 이름 붙인 건 정말 영혼을 위로하는 기분이 들었기 때문이다. 따뜻한 데다 금방 몸을 데우고 부드러워 체하는 법이 없는, 이토록 자상하고 사려 깊은 음식. 단순하지만 멋스러운 이 수프를 먹고 나면 거짓말처럼 기분이 한결 나아지곤 했다. 그릇을 다 비우고 나면 웃음이 났다. 가끔 어떤 음식은 어깨를 토닥이지 않고, 눈을 맞춰 말을 건네지 않고 그저 입속에 엉켜 들어가는 임무만으로 실패 없는 위로를 준다. 내게는 영혼을 위한 감자 수프뿐 아니라 세상의 모든 면 요리, 흰 쌀밥과 간장새우, 바짝 구운 김치부침개, 오곡밥과 오색나물, 제철 과메기, 노른자가 설익은 반숙 달걀, 양파를 곁들인 생연어, 달지 않은 티라미수와 녹차 아이스크림이 그렇다. 우리가 마음이라고 부르는 곳은, 사실 심장이 아니라 위장일지도 모르겠다. 행복한 기분으로 접시를 비우고, 따뜻해진 마음을 쓸어내릴 때면 늘 그렇게 확신한다.

아빠가 지어 준 이름

맨 처음 내가 가진 이름은 '유심'이었다. 내가 세상에 나올 무렵, 친할아버지가 미리 지어 놓으신 이름이었지만 아빠의 마음엔 다른 이름이 있었다. 어떤 얘기들이 오갔는지는 모르겠지만 머리를 맞댄 젊은 얼굴의 아빠 엄마 모습을 그려볼 뿐이다. 며칠이 지나 결국 내게 '하람'이라는 이름이 왔다. '하'늘에서 내려온 사'람'이라는 의미의 한글 이름. 학창 시절 한문 시간마다 '한자로 이름 쓰기' 같은 숙제엔 성의를 들이지 않아도 되었기에, 나는 내 이름을 좋아했다.

커서는 이름의 의미를 곱씹는 일이 잦았다. '무엇을 위해, 무엇이 되기 위해 먼 길을 내려왔을까?' 질문을 던지고, 운이 좋으면 대답 거리를 찾는 날이 생기기도 했다. 누군가 나를 '하람아'라고 불러주는 일이 좋다. 이름을 부르다가 언젠가는 서로만 알아볼 수 있는 비밀스러운 이름이 생겨나기도 하지만, 나는 단 하나의 이름을 신뢰하고 사랑해왔다. 이름을 짓는 일, 이름을 갖는 일, 서로의 이름을 부르고 기억하는 일은 얼마나 근사한가!

우리의 시작과 끝

매번 어떤 일의 '시작'이 궁금하다. 좋아하는 소설가가 글을 쓰게 된 계기는 무엇인지, 친구들이 자신의 애인을 어떻게 만나게 되었는지, 책의 프롤로그나 봄철 꽃나무 개화시기 같은 얘기에 늘 관심이 많다. 만물이 어떻게 생겨나고 피어나는지, 그 시작을 들여다보면 마음에 기쁨이 가득하다.

하루는 내 삶에 맨 처음 새겨진 기록들을 떠올려 봤다. '1987년 7월 5일, 일요일, 명동 백병원, 2.9kg' 같은 말들을 짚어보다가 괜한 궁금함이 생겼다. 내 생의 첫날엔 무슨 일이 있었을까, 나와 함께 세상에 나온 이들은 누구일까, 비가 왔을까 타는 여름날이었을까 같은 생각이 이어져 인터넷에 생일을 검색했다. 화면에 달리는 글자들을 살피다 어떤 글 사이, 세 글자 이름 앞에 시선이 멈췄다. '이한열의 희생은 6월 민주항쟁으로 이어졌고, 결국 6월 29일 군사정권은 항복을 선언했다. 그러나 이한열은 마침내 이뤄낸 민주화를 보지도 못하고 1987년 7월 5일 새벽녘에 조용히 눈을 감았다.' 내 출발선에 누군가의 국화꽃이 놓일 수 있다는 걸, 반복되는 삶의 모양새를 알면서도 묘한 기분이 들었다. 나의 시작 안에는 기쁨과 슬픔, 새로 가진 이름과 사라진 이름이 있다. 이제는 나의 시작을 조금은 다른 마음으로 기억하게 될 것 같다.

이자크 디네센의 그것

영화 「아웃 오브 아프리카」를 보고 영화의 배경을 찾아본 적이 있다. 영화의 원작은 소설로 배우 메릴 스트립이 연기한 실제 인물은 소설의 작가, 이자크 디네센이다. 영화는 소설가의 자전적 경험을 바탕으로 한다. 작가는 49세에 이 소설을 발표했다. 그녀는 매일 조금씩 소설을 써왔다고 서술했다. "씻고 먹고 마시고 일하고 자는 일 외에 어떤 기대나 계산 없이 희망도 절망도 없이 자발적으로 매일 빠지지 않고 조금씩 하는 '그것'이 당신이 누구인지 말해준다." 이자크 디네센에게 매일 하는 '그것'은 소설을 쓰는 일이었을 거다. 나의 '그것'은 무엇일까. 어깨에 힘을 풀고 안간힘을 쓰지 않아도 괜찮은, 바쁜 일상에 손톱만 한 틈을 만들어 시간을 할애하는 일들. 혹시 짬짬이 글을 쓰거나 그림을 그리는 일도 '그것'이 될 수 있을까.

먼 미래의 일을 생각하는 일은 드물지만, 가끔은 백발이 된 내 모습을 상상해본다. 손주들을 앞에 두고 글을 쓰거나 그림을 그리다가, "하다 보면 늘겠지?" 묻는 장면을 떠올리면 근사한 기분이 든다.

그나저나
당신은 무엇을 좋아하세요?

스트라이프 티셔츠

파블로 피카소는 스트라이프 티셔츠를 입지 않으면 그림을 그리지 않았을 만큼 스트라이프 애호가로 유명하다. 스트라이프로 가득 찬 피카소의 옷장이 눈에 선하다. 내 옷장도 다르지 않다. 티셔츠를 입지 않으면 일하지 않겠다는 결의는 없지만, 계절에 상관없이 즐겨 입는 편이다. 긴소매의 초록, 베이지, 검정, 회색 스트라이프 티와 짧은 소매의 빨강, 검정, 파랑, 분홍 스트라이프 티가 내 옷장 안에 걸려 있다. 한 벌의 재킷과 세 벌의 바지, 스웨터와 양말에도 반듯한 줄무늬가 빼곡하다.

문득 편안하지만 멋스럽고 단순하지만 질리는 법이 없는 '스트라이프 티셔츠' 같은 사람과 평생을 약속해야겠다는 다짐이 든다.

그나저나
당신은 무엇을 좋아하세요?

꿈이라는 단어

꿈이라는 사치스러운 단어를 좋아한다. 꿈이라고 소리 낼 때 맞닿는 입술의 모양과 그 발음을 좋아한다. 꿈을 꾸다가 꿈을 닮다가 꿈이 되는 사람을 좋아한다. 꿈을 크게 가지라는 말을 좋아한다. 꿈이 깨져도 부서진 조각이 클 테니까.

그나저나
당신은 무엇을 좋아하세요?

떠나지 않고 떠나는 단어

'여행'이라는 단어를 소리 내 말하면 마음이 들뜬다. 지친 한 주의 끝에 '주말'을 외치고, 한겨울에 입술을 둥글게 모아 '봄'을 말하는 마음과도 비슷하다. 아끼고 좋아하는 단어지만 '여행'을 소리 내어 말하는 일은 드물다. 떠나지 않는 한, 창고 속 캐리어처럼 마음에 감춰두는 단어다. 언제든 '여행!'이라고 외칠 수도 있지만 그런 뒤에 아무 일도 일어나지 않는 오늘이 슬퍼 말을 아낀다. 그러던 어느 날, 북촌에서 친구를 만나기로 하고 집을 나설 때 '북촌' 뒤에 몰래 '여행'이라는 말을 붙여봤다. 집을 떠나고 길을 나서니 여행이라고 부르는 것도 틀린 일은 아니었다. "북촌 여행"이라고 소리 내 말할 땐 아주 멀고 낯선 곳으로 떠나는 기분이 들었다. 그 기분을 다시 느끼고 싶어 종종 '여행'이라는 말을 다른 말 뒤에 이어보곤 한다. 오늘 오랜 사진들을 넘겨보며 "추억 여행"이라고 말할 땐, 떠나지 않고도 아주 머나먼 곳까지 떠날 수 있었다.

잠시 생각에 잠겨

그나저나
당신은 무엇을 좋아하세요?

반나절의 경유지

유럽으로 여행을 계획할 땐 반드시 '1회 경유' 항공권을 예약한다. 저렴한 가격을 노리는 게 목적이지만 경유지의 설렘도 큰 몫을 한다. 출발지와 목적지 사이 어디쯤, 잠시 머물다 떠나는 도시. 이런 곳을 '여행했다'고 이야기할 수 있을까?

바르셀로나로 여행을 떠났을 땐 네덜란드를 경유했다. 그곳에서 다섯 시간을 보냈다. 공항에 내린 시간, 암스테르담은 깊은 새벽이었다. "우리가 네덜란드에 왔어!" 기분이 들떴다. 공항에 들리는 네덜란드어의 억양이 낯설었던가. 공항을 빙빙 돌아 걸었던가. 기념품 가게를 살폈던가. 쏟아지는 잠을 이기고 쉴 틈 없이 움직이는 동안 마음이 설레었던 기억만은 분명하다. 떠날 시간이 가까워지면서 그제야 까맣던 밤이 걷히고 공항 밖으로 암스테르담의 모습이 드러났다. 멀리서 어슴푸레 해가 떠올랐던가. 눈부신 노란 햇살이 내리 쬈던가. 허기를 달래러 들른 식당에서 햄과 치즈가 듬뿍 든 샌드위치를 정말 맛있게 먹었던 기억만은 분명하다. 꿈처럼 어른거리는 기억 속, 손에 걸리는 선명한 기억들이 있다.

운이 좋으면 절묘한 타이밍을 잡게 된다. 로마로 여행을 떠났을 땐 두바이를 경유했다. 크리스마스이브에 인천에서 출발한 비행기는 크리스마스 당일 오후, 두바이에 도착했다. 여덟 시간의 경유 시간이 주어져 우린 시내로 나가 보기로 했다. 버즈 칼리파의 야경과 두바이 분수쇼를 보기 위해서였다. 공항을 나서자 따뜻하고 습한 공기가 피부에 닿았다. 입고 온 외투를 벗어 던지니, 정말 두바이에 왔구나 실감이 났다. 땅거미가 지고 어둠이 내리자, 반짝이는 빌딩들 사이로 분수가 보였다. 화려한 조명 아래 부서지는 물줄기 사이로 흘러나오던 「La Vie En Rose」 샹송의 멜로디가 크리스마스 선물처럼 느껴지는 밤이었다.

파리 여행을 떠났을 땐 베이징을, 아테네 여행을 떠났을 땐 아부다비를, 프라하 여행을 떠났을 땐 폴란드를 경유했다. 단 반나절의 시간만이 주어진대도, 할 수 있는 일은 생각보다 많았다. 이런 시간을 '여행'이라고 이야기할 수 있을까? 누군가 네덜란드에 가 본 적이 있느냐고 묻는다면 "네덜란드는 다섯 시간을 여행했죠. 샌드위치가 일품이었어요!"라고 말해 주고 싶다. 조는 틈에 먹었던, 스키폴 공항의 따뜻한 샌드위치가 그리워진다.

편안한 정적

누군가와 함께일 때, 신경 쓰이지 않는 정적을 경험하기란 쉽지 않다. 침묵은 어렵다. 반면 마주 앉은 사람이 내게 얼마나 편안한 사람인지는 끊어진 대화 사이의 공백으로 가늠할 수 있다. 하얀 여백의 시간이 나를 긴장시키지 않을 때, 안전한 침묵은 좋은 대화보다 달콤하다.

지난 연말 산토리니 피라 마을에 머물렀다. 한겨울 비수기 관광지는 인적이 끊겨 고요하고 한산했다. 야단스러운 여름을 보낸 마을 주민들은 섬을 벗어나 타지로 휴가를 떠나는 계절이었다. 어쩌다 마주치는 관광객들도 소란하지 않게 서로의 길을 비켜갔다. 길고양이들마저 과묵했다.

그와 나는 매일 적막한 섬의 좁은 골목을 누볐다. 고요한 분위기 탓인지 아직 누구도 발견한 적 없는 미지의 대륙을 탐험하거나, 이제는 아무도 살지 않는 텅 빈 섬에 정박한 기분이 들었다. 가장 좋아하는 순간은 바다가 훤히 내려다보이는 비탈 오르막을 걸을 때였다. 그때마다 우린 오랜 습관처럼 낮은 담에 걸터앉아 푸른 경치를 감상했다. 편안한 침묵의 시간이었다. 그동안 섬을 휘감는 겨울바람 소리와 먼 곳의 맑은 교회 종소리가 들려왔다. 그와 나는 말없이 기분 좋은 침묵을 나눴다. 정적엔 소리도 모양도 없지만, 가끔 어떤 정적은 반드시 기록해두고 싶어진다. 그때 우리가 주고받은 침묵은, 마을을 닮은 파란색이었을 거다. 잔잔한 바다 물결처럼 고운 모양이었는지도 모른다. 그렇게 맑고 편안한 정적을 편안한 사람과 또다시 나누고 싶다.

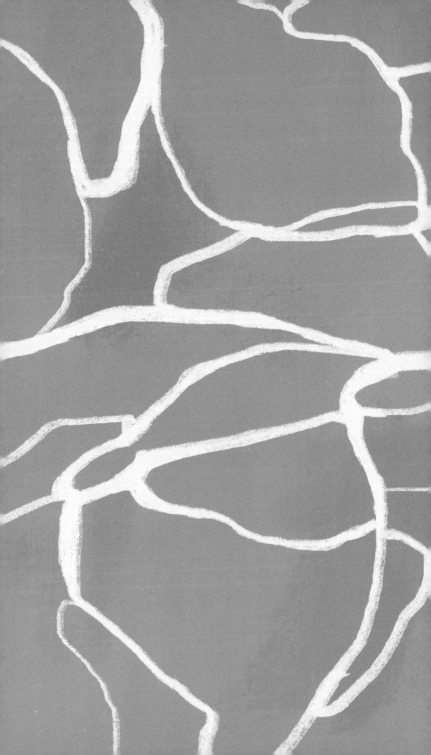

여행 중에 적는 메모

정신없던 하루의 끝, 거짓말처럼 구름 위를 날고 있다. 공항 가던 길 라디오에서 흐르던 노래 가사가 머리를 맴돈다. 내 꿈은 당신과 나태하게 사는 것, 더 이상 치열하지 않아도 괜찮은 곳으로 떠난다. 거기서 달콤한 나태를 누리기 위해, '게으른 여행자 모드'로 미리 마음을 조율한다.

- 새벽 1시, 그리스로 가는 비행기 안에서

그는 엉뚱한 작명가다. 오늘 저녁엔 면봉을 '솜방망이'라고 불렀다. 그 말이 귀여워 잠들기 전까지 웃음이 난다.

- 후쿠오카 여행 첫째 날, 숙소에서

지난 며칠 어떤 험담도 불평도 하지 않았다. 누군가를 미워하지도 부러워하지도 않았다. 근심과 걱정도 잊기로 결심하니 신기하게 잊혔다. 고요하게 평화로운 날들이다. 어제 산마르코 광장 근처에서 발견한 피자 가게를 내일 다시 찾아내는 것. 이 순간 내가 욕심내는 유일한 일이다. 나머지는 충분히 충분하다.

- 베니스 여행 마지막 날, 숙소에서

날짜 변경선을 넘었다. 시공간을 거슬러 다시 어제로 돌아왔다. 덤처럼 주어진 하루라니, 횡재다.

- 뉴욕행 비행기 안에서

여행 일주일 만에 익숙해진 거리를 그와 나란히 걷는다. 나는 이제 이 골목이 시시해졌는데 그는 연신 '와아' 탄성을 내뱉는다. 매일 걸어도 아름다운 거리는 네 눈에만 보이는 걸까. 그 시선이, 감탄하는 마음이 예쁘다가 부럽다가 샘이 났던 밤.

- 바르셀로나에서

집으로 돌아와 여행 중에 적은 메모를 읽으면 그때의 공기가, 풍경이, 분위기와 기분이 한꺼번에 되감아 재생된다. 평범하고 사소한 감정의 조각이라도 돌이키면 모두 값진 보물이 된다. 보물이 될 감정들을 더 부지런히 주워 모아야겠다.

그나저나
당신은 무엇을 좋아하세요?

눈물을 고백하는 시간

프랑스 니스를 떠나기 전날, 길에서 그와 조금 다퉜다. 이제와 생각하면 기억도 나지 않는 시시한 말다툼이 화근이었다. 그에게 섭섭한 마음, 스스로에게 분한 마음으로 한껏 뾰족해져 있는데 눈앞에 서점이 보였다. 문을 밀고 들어가 그와 거리를 둔 채 책을 살폈다. 손으로 책 표지를 쓸고 책장을 들춰보는 동안 화해의 말을 궁리했지만, 멋쩍어 몇 번을 삼켜버렸다. 둘러보니 마티스의 아트북이 진열된 서가가 눈에 들어왔다. 마티스는 세상을 떠나기 전까지 오랜 시간 니스에 살았다. 마티스를 좋아해 여행 일정을 쪼개 온 니스였다. 하지만 가장 고대하던 마티스 박물관은 마지막 날까지 들르지 못했다. 누구의 잘못도 아니었지만 속이 상했다. 그러던 차에 마티스의 이름이 적힌 책을 발견하니 반갑고 서글픈 감정이 마음에 일었다. 울 것 같다고 생각하는 사이 눈물이 쏟아졌다. "왜 울어?" 놀라 달려온 그의 목소리가 등 뒤에서 들렸다. 눈물로 이미 범벅이 된 얼굴을 손으로 닦아내며, "박물관에 못 갔으니까… 책이라도 사려고." 말하는 동안 어깨가 계속 들썩거렸다. 이렇게 바보 같이 운 적이 있었나. 바보 같은 울음이 부끄러워 더 눈물이 났다.

어젯밤 친구들과 메신저에서 나눈 대화 주제는 '노르웨이'였다. 다가오는 겨울, 친구 승희의 남편이 노르웨이로 출장을 떠난다는 이야기가 시작이었다. "거긴 오후 세 시면 해가 지고 춥대.", "오로라도 볼 수 있겠다. 그럼.", "그걸 보면 어떤 기분일까?" 친구들은 얘기를 이어갔다. 노르웨이에 다녀온 적 없는 나도 "언젠가 꼭 오로라를 보러 가야지!" 말을 보탰다. 그때 잠자코 있던 서영이 끼어들었다. "나 눈물나…." 서영은 한해 전 노르웨이로 신혼여행을 다녀왔다. 친구의 신혼집 냉장고에 오로라의 풍경이 담긴 엽서가 붙어 있던 게 생각났다. "너무 황홀했는데, 갑자기 그때 생각이 나서. 주책이야!" 침대에 누워 휴대폰을 만지작거리다 훌쩍이고 있을 친구의 모습을 상상하자, 귀여워 웃음이 났다. 서로에게 늘 그래왔듯 우린 "오로라 감성!"이라며 그녀를 놀려댔지만, 느닷없고 사소한 눈물을 고백해주어 기쁘기도 했다.

앞으로 살아가며 흘리게 될 눈물은 얼마나 될까. 그 가운데 몇 번의 눈물을 타인에게 고백할 수 있을까. 니스에서 흘린 눈물의 사연은 아직 아무에게도 말한 적 없다. 바보 같다고 생각해 감춰두었는데, 곧 익숙한 얼굴들 앞에서 꺼내게 될 것 같다. 나의 말을 다정하게 들어주는 사람들 앞에선 작고 큰 눈물을 이야기하는 일이 어렵지 않다.

그나저나
당신은 무엇을 좋아하세요?

어른의 동심

'어른들은 누구나 처음엔 어린이였다. 그러나 그것을 기억하는 어른은 별로 없다.' 『어린 왕자』를 읽다가 지난 부산 여행이 떠올랐다. 겨울이 시작될 무렵 부산 여행을 다녀왔다. 엄마와 함께였다. 회색 벽돌 숲에 살며 늘 바다를 그리워했지만 바다를 보고 싶을 땐 언제나 멀리였다. 덕분에 여행의 목적은 실컷 바다를 보는 일이 되었다. 해가 뜨거나 질 무렵, 한낮과 한밤에 해변을 걸었다. 그때마다 엄마와 다른 종류의 이야기를 나눴고, 다른 속도로 발을 맞췄다. 즐거운 이야기를 할 때도, 진지한 이야기를 할 때도 엄마는 자주 콧노래를 불렀다. 걷다가 자리를 잡고 쉬는 틈에 '좋다!'고 말하는 엄마의 얼굴이 맑았다. 생각해보면 엄마는 회색 벽돌 숲에서도 생기와 웃음이 넘치는 사람이었다. 밀려왔다가 밀려가는 파도를 지켜보던 엄마가 말했다. "인어공주가 이렇게 물거품이 됐잖아 그치!" 천진한 엄마의 목소리에 대꾸진 않았지만, 미소가 새어 나왔다. 좋아하는 것을 좋아하면서, 자주 감동하면서 꾸밈없이 단순하게 세상을 바라보고 싶다. 어른들은 누구나 처음엔 어린이였다. 그걸 기억하는 어른은 별로 없지만 나와 나란히 해변을 걷던 맑은 표정의 엄마는 그걸 기억하고 있는 듯했다.

잠시 생각에 잠겨

그나저나
당신은 무엇을 좋아하세요?

파란색

파란색을 좋아한다. 하늘과 바다가 파랗지 않았다면 달랐을까. '나의 귀는 소라 껍데기, 바다의 소리를 그리워한다'는 장 콕토의 단시 「귀」를 좋아한다. 그의 시를 소리 내 읽으면 까만 글자에서 파란 소리가 난다. 높고 깊은 파란색을 닮고 싶다. 하늘 같고 바다 같은 사람들을 떠올리면 소라 껍데기처럼 그 목소리가 그리워진다.

그나저나
당신은 무엇을 좋아하세요?

공항 풍경

'세상 돌아가는 꼴이 우울할 때 나는 히스로 공항을 떠올린다'
휴 그랜트의 내레이션으로 시작하는 영화 「러브 액츄얼리」의
오프닝을 좋아한다. 영화는 사랑하는 사람들과의 기쁜 만남
이 가득한 히스로 공항을 비춘다.

공항은 나에게 늘 기분 좋은 장소이기에 여행을 떠나는 날이
면 최대한 일찍 공항에 도착하려 애쓴다. 도착 후 공항 곳곳
을 정처 없이 누비다 보면 공항의 분위기에 마음이 설렌다.
입국장에서 반가운 이의 이름을 부르는 광경, 출국장에서 아
쉬운 작별을 하는 모습, 캐리어 바퀴가 바닥을 구르는 소리,
들뜬 사람들의 표정과 분주한 소음들, 떠나는 이와 돌아온 이
가 어깨를 스치며 자리를 바꾸는 풍경은 늘 애틋하고 정답다.
알랭 드 보통의 『여행의 기술』에서 이런 문장을 읽었다. '인생
에서 비행기를 타고 하늘로 올라가는 몇 초보다 더 큰 해방감
을 주는 시간은 찾아보기 힘들다.' 나는 공항에 발을 내딛는
순간, 이미 풍요로운 해방감에 휩싸인다. 마술같은 일이다.

잠시 생각에 잠겨

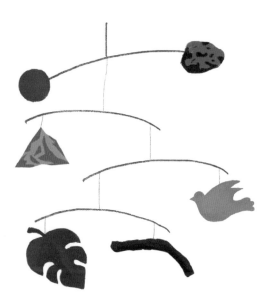

그나저나
당신은 무엇을 좋아하세요?

바르셀로나의 바게트

바르셀로나 여행을 다녀와 며칠간 바게트 생각이 끊이지 않았다. 바르셀로나에선 바게트의 매력에 빠져 밤낮으로 '바게트를 먹자!'고 외쳤다. 바게트가 나고 자란 프랑스가 아니라도, 이웃 나라 스페인에서 그 참맛에 눈을 뜬 건 다행인 일이다. 그동안 빵이라면 사족을 못 쓰면서도 바게트에만은 냉정함을 유지했다. 긴 몸집이 거추장스러운 데다 이렇다 할 풍미도, 식감도 없는 빵으로 여겨졌기 때문이었다. 의외로 바르셀로나에서 바게트를 만나는 일은 자연스러웠다. 바게트를 곁들여 먹는 감바스와 까수엘라, 바게트 위에 다양한 고명을 얹어 먹는 타파스가 지천에 널린 도시라 가능했다. 가장 좋아한 건 어떤 것도 얹지 않은 본연의 바게트였다. 동네를 산책하고 돌아오는 길이면 늘 빵집에 들러 바게트를 샀다. 기다란 빵을 옆구리에 끼고 걸으면 마음이 든든했다.

맛 좋은 바게트는 손에 닿으면 '파삭!' 하는 소리를 낸다. 바삭하고 먹음직스러운 노오란 껍질엔 윤기가 감돈다. 속은 쫄깃하고 담백하다가 끝 무렵에는 고소하다. 단단하다가, 바스러지다가, 보드랍다. 나는 외유내강형 존재들을 사랑해 마지않지만, 바게트만은 예외다. 강인한 외모 안에 감춰진 여린 속내가 예쁘다.

그나저나
당신은 무엇을 좋아하세요?

가을의 산행

'겨울나기를 준비하는 나무가 물과 영양을 빼앗기지 않기 위해 이파리를 버린다'는 이야기를 알게 되었다. 그 후로 낙엽이 가엾고 가을이 섬짓하다. 그럼에도 어김없이 곱고 눈부신 계절이다. 가을은.

가을이면 동네 뒷동산을 기웃거리는 데 분주하다. 산에 오르면 색이 물든 나무를 가까이서 살핀다. 땀이 맺힌 얼굴에 선선한 바람이 닿을 땐 멈춰 서서 눈을 감는다. 숨을 마실 때마다 몸을 돌고 나가는 단풍 내음과 나무의 향기를 좋아한다. 발아래서 바스러지는 낙엽 소리를 들으면 마음이 편안해지고, 이파리를 버린 나무에게 향했던 얄미움도 자연스레 걷힌다. 낙엽을 밟으며 나도 겨울나기를 준비한다.

그렇게 곱고 눈부신, 준비의 계절이다. 가을은.

잠시 생각에 잠겨

그나저나
당신은 무엇을 좋아하세요?

무리하지 않는 선

한밤중에 배가 아파 응급실에 간 적이 있다. 무리하던 일을 막 끝마친 밤이자 고대하던 여행을 사흘 앞둔 밤이었다. 건강을 자신하는 동안 몸이 보내는 신호를 외면하고 일을 했다. 탈이 나는 건 당연했다. 배를 움켜쥐고 병원 침대 위에 쪼그려 눕자 스스로가 다 태우고 남은 한 줌의 잿더미처럼 느껴졌다. 건강을 탕진하면 더 이상 어떤 것도 욕심낼 수 없는 빈털터리가 된다. 아픔이 언제까지 지속될지 몰라서, 기다려 온 여행을 가지 못할까 봐, 걱정으로 잠 못 이루는 가족들이 떠올라 마음이 무거웠다. 그 무렵의 일기엔 이렇게 적혀 있다.

— 가끔 긴장되는 순간이 있는데 그건 내가 무리하고 있다는 것을 실감할 때다. 무리하기 시작하면 멈추는 법을 잊는다. 텅 빈 체력과 축난 정신을 한 번 더 쥐어짤 때 나는 다 쓴 치약 튜브 같다. 그땐 나도 나를 이길 수가 없다. 나조차 어쩔 수 없는 내가 있다는 건 무서운 일이다. 그제 저녁 심한 배탈을 앓았다. 오랜만에 느낀 두려운 감정이었다. '정신력은 체력의 보호 없이는 구호밖에 안 돼.' 드라마 「미생」의 대사가 응급실 천장을 보고 누운 내내 환청처럼 들려왔다. —

잠시 생각에 잠겨

혹독한 수업료를 치른 뒤엔 건강한 음식을 먹고 충분히 쉬는데 시간을 할애했다. 규칙적인 생활 안에 나를 밀어 넣었고 무리하지 않았다. 그마저도 금방 느슨해졌지만 몸이 신호를 보내올 때면 하던 일을 멈추고 자주 중얼거렸다. "일단 건강이 최고지. 암, 건강이 최고야." 새해가 되면, 보름달이 뜨면, 생일 촛불을 앞에 둘 때면 어김없이 나와 내 사람들의 건강을 소망한다. 간절히 바라왔지만, 어떤 밤 이후로 더욱 간절한 소망이 되었다.

그나저나
당신은 무엇을 좋아하세요?

아테네의 오렌지 나무

아테네 거리의 가로수가 오렌지 나무라는 사실을 깨달았을 때, 나는 파르테논 신전 앞에서보다 더 감동했다. 주황빛 열매를 지천에 길러낸 게 품이 넓은 지중해의 태양이라고 생각하니 어쩐지 낭만적인 풍경이었다.

그리스 여행 내내 나는 도로변에 줄지어 선 나무를 반짝이는 눈으로 바라보았다. 내가 아는 한 세상에서 가장 근사한 가로수였다. 아테네의 오렌지 나무에 크게 감명한 나는, 여행 후 그리스에 관해 이야기할 때마다 기어이 "있잖아, 아테네 가로수는"이라고 운을 떼곤 했다. 그러면 누군가는 신기해했고, 누군가는 시시해 했으며, 누군가는 '지난번에 이야기했어'라고 되받았다.

가장 뜻밖이었던 건 맨 나중의 누군가였는데 그는 "이탈리아 소렌토에도, 스페인 세비야에도 오렌지 나무가 심어져 있어!"라고 일러주었다. 그게 아테네만의 이야기가 아니란 사실을 알고는 꽤 실망했지만, 서운한 마음이 오래가지는 않았다. 지구상의 수많은 오렌지 나무 중에 나를 감동시킨 건 아테네 거리의 가로수뿐이었으니까.

그나저나
당신은 무엇을 좋아하세요?

비밀번호 확인 답변

비밀번호 확인 질문: 기억에 남는 추억의 장소는?
비밀번호 확인 답변: 포카라

'비밀번호 확인 답변'란에 적는 단어는 늘 같다. 전 세계 여행자들이 안나푸르나 트레킹을 위해 모여드는 관문, 히말라야의 만년설이 녹아 만들어진 폐와 호수가 있는 곳, 포카라. 스물 셋, 배낭여행 중 단 삼 일간 그곳에 머물렀지만 그때 선물받은 여유와 평화는 오랜 시간 닳지 않고 마음의 안식이 되어주었다.

석양이 지는 호숫가를 산책하고 돌아오다가 네팔 전통주 락씨와 버팔로 고기를 맛보는 일. 시장에 들러 감자와 계란, 야크 치즈를 사다가 간식을 만들어 먹는 일. 자전거로 땡볕이 내리쬐는 오후의 동네를 가로지르는 일. 계곡 바위에 누워 친구와 나란히 음악을 듣는 일. 늘어지게 낮잠을 자는 일. 그리 특별할 것 없던 일상이 내게는 특별한 기억으로 남아 있다. 시간과 웃음을 마음껏 낭비하던 그 시절을 추억하는 것만으로 마음에 고요가 깃든다. 누군가 Nepal을 일컬어 'Never Ending Peace And Love'라고 정의했던데, 나도 같은 생각이다.

그나저나
당신은 무엇을 좋아하세요?

빅버스 투어

여행지의 빅버스를 좋아한다. 버스의 2층 맨 앞자리에 올라
타, 도심을 달리는 일은 늘 신이 난다. 지난여름엔 파리에서
빅버스를 탔다. 향할 곳을 정한 채 버스에 오르더라도, 대부
분 정해놓은 정거장을 앞서거나 지나쳐 "내리자!"라고 외치는
곳이 목적지가 되었다. 오디오 가이드 채널을 10번으로 맞추
면 한국어 음성이 들렸다. 1번부터 버튼을 아홉 번 눌러 채널
을 맞추는 동안, 같은 풍경을 설명하는 서로 다른 아홉 개 외
국어의 발음을 듣는 일도 근사하게 느껴졌다. 콩코드 광장에
서 개선문까지 이어지는 샹젤리제 거리를 지날 땐 '오 샹젤리
제'로 시작하는 샹송이 흘렀다. 그러면 몇 사람은 흐르는 음
악에 고갯짓으로 장단을 맞췄다.

바르셀로나에서 가우디 투어를 할 때, 도시 속 아름다운 장소
를 매일같이 누비는 가이드가 부러워 잠시 그런 삶을 꿈꾼 적
이 있었다. 빅버스에 올라탈 때마다, 비슷한 기분으로 운전기
사의 마음을 가만히 헤아려보았다.

잠시 생각에 잠겨

추억이 실린 기차

"기차에서 만난 남자와 비엔나에서 내렸어." 영화 「비포 선라이즈」 속 셀린느의 대사를 기억한다. "기차"라고 소리 내 말하면 추억, 여행, 낭만, 풍경 같은 단어들이 뒤따라 떠오른다. 고등학교 동아리 친구들과 함께 탔던 춘천행 무궁화호 기차, 뜨거운 여름날 연착이 잦던 인도 바라나시행 기차의 기억이 생생하다. 하카타에서 유후인으로 가는 유후인노모리 기차엔 아름다운 정취가 있다. 열차의 마룻바닥과 목재의자, 유리창을 스치는 우거진 나뭇가지 소리를 되새기다 보면 열차 이름의 의미가 '유후인의 숲'이라는 사실을 다시 발견하게 된다. 기억의 꼬리를 물고 티베트행 칭장열차까지 떠오른다. 배낭여행 중, 베이징에서 티베트 라싸까지 이동하는 데 칭장열차를 탔다. 열차는 해발 4천 미터 이상의 고원을 향해 달린다. 열차 밖으로 펼쳐지는 풍경은 황량히 아름답다. 짙푸른 초원의 양 떼, 넓은 황토 벌판, 붉은 산과 설산, 호수의 지평선 모두가 하늘에 아슬아슬하게 닿아 있다. 가로지르는 게 땅인지 하늘인지 모를 기차는 꼬박 48시간을 달린다. 기차에서의 시간은 대부분 멍한 채로 보낸다. 고요히 엉뚱한 생각에 몰두하는데 기차만큼 좋은 장소는 없으니까.

그나저나
당신은 무엇을 좋아하세요?

편지를 적는 시간

오후엔 이상한 경험을 했다. 재이에게 편지를 쓰던 중이었다. 일주일에 한두 번씩 꼭 그의 얼굴을 보지만, 첫 줄에 '재이에게'라는 글자를 쓰자 아주 오랜만에 그 이름을 불러본 것처럼 느껴졌다. 재이의 승진을 축하하기 위한 편지였는데, 어쩐지 멋쩍고 간지러운 말들만 늘어났다. 무게를 잡고 운을 뗀 진지한 이야기, 얼굴을 보고선 입이 떨어지지 않던 쑥스러운 말들도 편지지 위에선 쉬웠다. 몇 번을 '재이야!'라고 적었고, 그럴 땐 고개를 돌리는 그의 모습이 눈앞에 그려졌다.

편지지를 꽉 채운 뒤 펜을 놓자 그와 한바탕 이야기를 나눈 기분이 들었다. 이야기를 건넨 게 아니라 나눈 것이었다. 그가 곁에 없었지만, 곁에 있었다. 마주 보고 눈을 맞추진 않아도 주고받은 말소리가 편지 안에 존재했다. '편지를 적는 일로 누군가의 체온과 눈빛을 느낄 수 있다면, 세상 그 누구도 외롭진 않을 텐데' 하는 엉뚱한 생각이 들었다.

그리운 사람을 떠올리며 편지를 적는 사람들을 상상했다. 편지지 앞에선 잠시나마 외로움을 덜게 되고, 사람들은 점점 더 긴 편지를 쓰게 되겠지. 외로움을 호소하는 환자에게 의사는 편지지를 처방하고, "하루 세 번 식후 30분 뒤에 편지를 쓰세요"라고 말한다면 어떨까. 고독한 사람이 모여 사는 동네엔 집집마다 우체통을 두어야 할까. 긴 겨울이면 사람들은 방 안에 틀어박혀, 무릎 옆에 편지지를 쌓아두고 편지를 적는 게 유일한 낙이 될까.

긴 편지를 쓰고 났더니 혼잣말이 늘었다.

그나저나
당신은 무엇을 좋아하세요?

필요한 만큼의
행복을 찾기 위해

잠시 생각에 잠겨

오늘을 차분히
들여다봐요

이 온기가 바로
사랑일지도 몰라요

묻지 않는 날들

한때 '행복'이라는 말에 매달렸다. 몸과 마음이 바쁘던 시절 매일 스스로에게 행복한지 물었고, 그러면 행복하지 않다는 대답이 돌아왔다. 행복이 뭘까, 다시 되물으면 막막해졌다. 망설이다 보면 대답은 내일이나 더 먼 날들에 가 있었다. 언젠가 퇴근길엔 내 삶에 점수를 매겼다. 나를 이루는 모든 것들이 무사하고 온전했지만, 내가 가진 행복엔 늘 인색한 점수를 줬다. 행복은 눈에 보이거나 온도로 느껴지는 것이 아니었다. 인기척이 없어 곁에 있는지, 사라지고 없는지도 가늠할 수 없었다. 행복이 뭘까 묻고, 물으면 머뭇거리는 날들이 오래 이어졌다.

대답을 찾던 어느 날 '자유롭다'는 감정을 느꼈다. 그리고 그게 행복의 다른 이름이라는 사실을 알아챘다. 때로는 '편안하다, 따뜻하다, 기쁘다, 홀가분하다' 같은 말들이 행복의 자리를 대신했다. 행복이 뭘까 묻는 일이 무용하게 느껴졌고, 더는 삶에 점수를 매기지도 않았다. 행복이라는 말에 가려 있던 마음을 돌아보자, 그제야 행복의 얼굴이 어렴풋 보이기 시작했다.

영화 「우리의 20세기」에서 '행복하냐'고 묻는 아들 제이미에게 엄마 도로시아는 대답한다. "그런 질문은 하지 마. 행복한지 따져보는 건 우울해지는 지름길이야."

아파트 비상계단

추위를 많이 타는 탓에 겨울 내내 운동과 산책은 번번이 포기했다. 땅굴을 파고 겨울잠을 자는 곰이나 다람쥐처럼 겨울은 내게 혹독한 계절이다.

하루는 둔한 몸짓으로 스트레칭을 하다가 겨우내 벌어진 일을 알아차렸다. 몸을 이루던 근육의 모양새가 조금 달라져 있었다. 손의 감각으로 감지할 수 있을 만큼 팔과 다리의 근육이 무르고 여리게 느껴졌다. 몸은 거짓말을 하지 않는다. 바지런히 쓰면 다부진 모양새가 되고, 쓰지 않으면 군살이 붙거나 느슨해진다. 겨울을 생체학적으로 풀이하면 '근육이 사라지는 계절'이 아닐까, 방치의 시간을 정직하게 증명하고 있는 몸을 바라보다가 생각했다.

이튿날 용감하게 운동을 하겠다며 집을 나섰다. 하지만 칼바람이 매서워 금방 집 생각이 났다. 남은 겨울 동안 지불해야 할 게으름의 할부가 한참 남았음을 깨닫다가 문득, 아파트 비상계단이 떠올랐다. 계단 오르기는 스스로 마음이 내킬 때 시작하고, 쉬거나 멈출 수 있는 운동이었다. 시간과 돈을 맡겨 두지 않기에 하루쯤 빠뜨려도 마음의 가책이 덜하며 무엇보다 간편했다.

틈틈이 엘리베이터를 타고 일 층에 내려 집이 있는 십 층까지 계단을 올랐다. 집을 지나치거나 여러 번 반복해 오르는 날도 있었다. 계단을 오르다 보면 벽에 난 작은 창으로 바깥 풍경이 보인다. 처음엔 화단의 식물이나 자동차의 지붕이 보이다가 초등학교의 옥상, 그다음엔 학교 너머의 나무들이 눈에 들어온다. 계단 난간에 묶여 있는 자전거, 현관문에 걸린 우유 주머니나 문 앞에 놓인 택배 상자를 보며 그 너머에 사는 누군가를 상상하기도 하지만, 숨이 차올라 대부분은 곁눈질로 훔쳐보는 것에 그친다.

아파트 계단은 안도 밖도 아닌 공간처럼 느껴지는 곳이다. 사방이 벽으로 둘러싸여 있으니 안이고 집을 나섰으니 밖인 셈이다. 그 경계의 공간을 오르내리다 보면 숨이 가빠지고 몸에 열이 돈다. 숨이 들락거리는 길을 발견하거나 심장이 놓인 자리를 새삼스레 찾아내기도 한다. 몸을 쓰지 않는 동안엔 잠시 잊고 있던 사실들이다.

그나저나
당신은 무엇을 좋아하세요?

하늘 보기

횡단보도 앞에서 신호가 바뀌길 기다리는데, 앞에 있던 한 남자가 고개를 들어 하늘을 봤다. 그 모습을 따라 나도 하늘을 올려다봤다. 해가 질 무렵이었고 선선한 바람이 불기 시작한 계절이었다. '하늘을 보는 일이 참 오랜만이구나.' 새삼스러운 생각을 하다가 5학년 담임선생님의 얼굴을 떠올렸다.

선생님은 낭만적이고 다정한 분이었다. 반 애들에게 틈틈이 김춘수와 윤동주, 김소월 시인의 시를 외우게 하고 학기 말엔 우리들의 일기를 모아 문집으로 엮어내셨다. 여름방학엔 선생님 댁으로, 겨울방학엔 정동진으로 반 전체가 여행을 떠난 기억은 아직도 선명하다. 선생님은 매일 같은 숙제를 내주시곤 했다. 하늘 보기. 그 숙제만큼은 한 번도 검사를 한 적이 없었지만, 나는 좋아하는 숙제라면 늘 빼먹지 않던 학생이었다. 5학년, 열두 살엔 그래서 매일 하늘을 봤다. 그때의 습관이 내 몸 어딘가에 새겨져 있는지 오랜만에 고개를 들어 본 하늘에 5학년 시절, 선생님의 얼굴까지 꼬리를 물고 그려졌다.

신호가 바뀌고 횡단보도를 건너는 내내 선생님 생각을 했다. 선생님은 여전히 선생님일까, 오래전 그때와 같은 숙제를 내주고 계실까. 물음표를 던지다가 일기 검사 말미에 자주 '사랑한다'고 적어주신 기억을 더듬어냈다. 당분간 하늘을 올려

오늘을 차분히 들여다봐요

다볼 때마다 5학년 시절, 선생님의 얼굴, 사랑한다는 말이 차
례로 그려질 것 같다. 하늘을 올려다보는 그 시간이 매일의
큰 위로가 될 거다.

그나저나
당신은 무엇을 좋아하세요?

둥근 이마와 낮은 코

하루는 그에게 "나는 어디가 제일 예뻐?"라고 물었다. 낯간지러운 말을 내뱉는 일도, 듣는 일도 어려워하는 편이지만 그날은 괜한 용기가 났다. 연예인 아무개의 눈매가 참 멋지다는 이야기를 나누던 중이었을 거다. 이때다 싶어 농담처럼 던진 말이었지만, 내심 되돌아올 대답이 궁금해졌다. 그는 "코"라고 금세 답했다. 안경을 걸치면 자주 흘러내리는 낮은 콧대가 퍽 불만인 데다, 특징이랄 게 없는 코를 꼭 집어 말해 조금 의아했다. 왜일까 궁금했지만, 아름다움을 판단하는 건 저마다의 몫이기에 "고마워! 오빠 눈이 예쁘지"라고 말한 뒤 금방 딴청을 피웠다.

어릴 적부터 할머닌 내 이마를 '영부인 이마'라고 부르셨다. 넓고 둥근 이마의 모양새가 영부인과 어떤 관계인지는 헤아릴 수 없지만, '예쁘다'는 할머니식의 표현이라는 건 그때도 어렴풋이 알고 있었다. 그럴 때면 엄마는 늘 "맞아. 이마 너무 이쁘지." 하고 맞장구를 쳐주었다. 초등학교 시절 짓궂은 반 친구로부터 '빛나리'라는 별명으로 불리는 일을 개의치 않았던 건 그 덕분이었다. 그 애보다 할머니와 엄마를 먼저 만난 건 다행스러운 일이다. 둥근 얼굴과 흐린 이목구비가 불만인 적은 없었지만 그렇다고 자랑스레 뽐낸 적도 없었다. 예쁘진

오늘을 차분히 들여다봐요

않지만 엄마 아빠의 얼굴을 고루 빼닮아 수더분한 얼굴로 비추어지는 걸 감사히 여길 뿐이었다. 하지만 넓고 둥근 이마만큼은 스스로 어여삐 여겨, 미용실 언니가 머리를 만지다 "이마가 톡 튀어나오셨네요"라고 말하면 "엄마가 예쁘게 빗어주셨어요." 하고 답하고는 했다.

얼굴에 로션을 펴 바르다 그의 말이 떠오른 밤, 얼굴을 이리저리 돌려 보는데 둥근 이마에서 콧대로 이어지는 곡선이 보였다. 안경이 미끄러지던 콧대의 지점, 완만한 사선을 지나 그 끝에 도톰한 코 끝을 눈으로 따라가다 보니 썩 괜찮은 모양새처럼 느껴졌다. 고개를 비스듬히 돌리고 눈을 흘겨야만 볼 수 있는 내 옆모습. 내 얼굴을 이토록 몰랐구나 생각하며 나란히 걸을 때, 나란히 앉아 이야기 나눌 때 내 옆모습을 가만히 들여다봤을 그가 떠올라 슬쩍 웃음이 나왔다.

그나저나
당신은 무엇을 좋아하세요?

개미의 동선

회사를 관두고 잠시 쉬는 동안 엄마와 장을 보는 일이 잦다. 엄마는 자주 마트에 갈 채비를 하고, 나는 가능한 한 엄마와 동행한다. 마트엔 '먹고사는 일'을 치르러 온 사람들이 가득하다. 두리번거리는 사람들의 시선, 어깨를 스칠 때 서로의 장바구니를 곁눈질하는 표정, 식료품을 주워 담는 분주한 손길을 보는 일이 재미있다. 쳇바퀴 같은 일상에 싫증을 내다가도, 매번 따분하고 무사한 순환에 안도하는 마음은 주로 마트에서 생겨난다. 집에 돌아오면 냉동실에 반찬이, 찬장 안에 간식이, 선반 위에 휴지가 차고 비워지는 모습을 관찰한다. 현관문 밖의 세계에서 오랜 시간을 보낼 땐 마음을 쓰지 못했던 일들이다. 집에 머물며 끼니를 해결하는 시간이 늘자 자연스레 집 안의 세계가 눈에 들어오기 시작했다. 집으로 실어 나르는 음식은 금방 동이 나고 살림살이는 매일 조금씩 모양을 바꾼다. 엄마는 자주 마트에 갈 채비를 하고, 나는 따라나선다. 우리는 양손이 무겁고 미리 배가 부르다. 마트에서 집으로 돌아가는 길, 엄마는 종종 혼잣말을 중얼거리며 앞서 걷는다. "저 높은 곳에서 우리를 내려다보면 꼭 먹이를 이고 가는 개미 같을 거야." 먹이를 이고 가는 엄마의 등이 든든하다. 삶은 그렇게 성실하고 고요하게 반복된다.

오늘을 차분히 들여다봐요

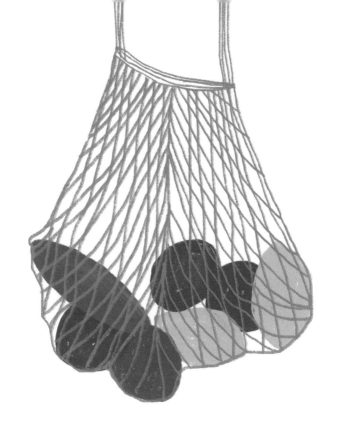

그나저나
당신은 무엇을 좋아하세요?

겨울의 어느 날이었다. "그거 알아? 테니스에서는 0점을 'Love'라고 부른대." 막 테니스를 배우기 시작한 친구가 눈을 반짝이며 말했다.

"정말? 테니스, 몰랐는데 굉장히 낭만적인 운동이었네." 친구는 그 말의 유래가 프랑스어 발음에서 왔다고 했다. 숫자 0이 마치 달걀처럼 생겨 이를 프랑스어로 '계란'을 뜻하는 뢰프 l'oeuf라고 불렀고, 이 말이 영국으로 건너가 러브love가 되었다고. 아직 초보의 실력에 머물러 있는 친구는 자주 'Love'를 얻는다고 했다. 웃으며 고개를 끄덕인 얘기들은 쉽게 잊히지 않는다. 시시콜콜한 테니스 이야기가 그랬다. 친구와 헤어진 뒤에도 그 귀여운 얘기를 기억해두었다. 그리고 겨울이 지나는 동안 종종 다른 이들에게 전하곤 했다. "신기한 얘길 하나 아는데 말이야. 테니스에서는 0점을 'Love'라고 부른대."

테니스 이야기를 하다가 문득, 몇 해 전 이맘때의 일을 떠올렸다. 인터넷에서 나무에 대한 기사를 읽는데 눈에 띄는 대목이 있었다.

'나무는 봄과 여름에 빠르게 크고 겨울에는 서서히 자라난다. 이런 계절의 변화를 겪으며 나이테가 생겨난다. (…) 열대 지방의 나무는 나이테가 나타나지 않거나 희미하다. 한겨울 추

위를 견딘 나무의 나이테는 촘촘하고 단단하다.'

겨울을 이긴 나무만이 견고한 나이테를 갖는다니 근사했다. 영원할 것 같은 추위가 며칠간 이어지고 있었기에 한겨울 나무의 사정을 상상하는 일은 어렵지 않았다. 그날의 일기에 기사 속의 글을 적어두었다. 언젠가 내게 겨울 같은 시련이 오면 혹한을 견디고 만든 나이테를 떠올리려고.

추운 계절마다 몸이 움츠러든다. 몸을 따라 마음도 엄동설한을 견디는 식물처럼 여려지곤 한다. 그래서일까, 유난히 추운 어느 날엔 시시하고 대수롭지 않은 얘기들이 온기로 느껴진다. 다람쥐가 겨울을 나기 위해 모으는 도토리처럼 시시콜콜하고 다정한 얘기들을 내 보금자리 안에 모아두는 상상을 한다. 겨우내 그 얘기들을 하나씩 꺼내 놓으면 길고 깊은 계절을 조금은 더 따뜻하게 지낼 수 있지 않을까.

그나저나
당신은 무엇을 좋아하세요?

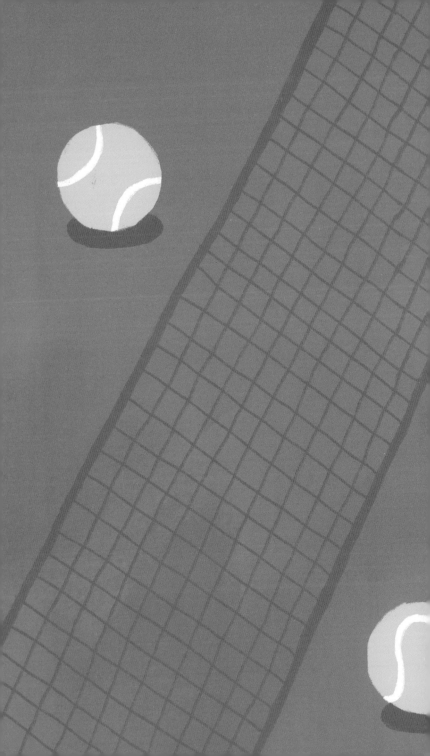

우리 동네

한 동네에서 이십 년을 살았다. 살아온 날들 중 대부분의 시간이다. 네 식구가 함께 사는 이 집에서 학창 시절을 보냈고, 대학을 갔으며, 직장인이 됐다. 내가 성장하는 동안 동네엔 길이 나고, 건물이 생기고, 지하철이 뚫렸다. 스무 해의 시간만큼 동네와 내가 함께 자란 셈이다. 동네의 공원, 놀이터, 산책 길마다 오랜 기억이 놓여 있다. 그곳에는 눈을 감고도 선명히 떠올릴 수 있는 장면들이 있다. 추억을 함께 만든 이들은 어른이라는 이름을 갖게 되면서 하나둘 동네를 떠나갔고, 이제 몇 명만이 이곳에 머문다. 이제 생겨나는 추억보다 되새기는 추억의 개수가 더 많다. 모두가 떠나고 사라져도 우리가 이곳에서 좋은 시절을 함께했다는 사실은 언제까지나 변함이 없다. 마을이 사라지지 않는 한, 길목마다 놓인 추억도 그대로일 거다. 가끔은 당연한 일에 마음이 놓인다.

오래전, 이곳으로의 이사를 위해 가족들과 집을 보러 오던 날이 떠오른다. 차가 동네에 들어섰을 때 뒷좌석에 있던 동생이 "무지개다!"라고 외쳤다. 아파트 뒤로 긴 무지개가 걸려 있었다. 아마도 그때부터 좋아했던 것 같다. 우리 동네.

오늘을 차분히 들여다봐요

강아지

'소원'이라는 말을 배운 뒤로 맨 처음 가진 소원은 무엇이었을
까. 내겐 강아지를 키우는 일이었다. 강아지를 갖고 싶어 선
물 받을 구실이 생기는 생일이나 성탄절이면 늘 부모님을 졸
랐다. "소원이야!"라고 말하면, 엄마와 아빠 미간을 찌푸린 채
고개를 저으셨다. 강아지는 사람만큼 오래 살지 못하고 헤어
지는 일은 아주 슬픈 거라고, 아빠는 매년 같은 말로 나를 달
랬다. 이별을 경험한 적이 없었기에 아빠의 말에 들어간 '슬
픔'을 완전히 이해할 순 없었다. 내가 배운 '슬픔'은 원하는 것
을 가질 수 없음을 깨닫고 이불을 머리끝까지 덮고 자는 일,
그뿐이었다. 이루지 못할 소원을 안고 잠든 날 뒤에 나는 몇
번이나 더 떼를 썼을까.

오래 지나지 않아 햄스터를 갖게 됐다. 강아지 대신이었다.
그날 밤 쳇바퀴 도는 햄스터를 바라보느라 잠에 들 수 없었
다. 책임지고 돌볼게, 엄마 아빠와 새끼손가락을 걸었다. 작
고 귀여운 동물을 바라보는 일은 맑은 기쁨이었다. 하굣길,
햄스터를 보려고 집까지 달려오는 일이 잦았다. 햄스터 집
앞에 쪼그려 앉아 코를 박는 오후엔 금방 노을이 졌다. 그렇
게 몇 달이 흘렀을까. 애정은 빠르게 바랬고 흥미는 점점 바
닥이 났다. 어떤 날은 햄스터 집을 한 번도 들여다보지 않았

그나저나
당신은 무엇을 좋아하세요?

다. 언젠가부터는 햄스터를 떠올리는 일이 짐처럼 성가셨다. 차갑게 식어 웅크리고 있는 햄스터를 발견한 밤, 쳇바퀴 소리가 들리지 않던 날조차 헤아릴 수 없어 자신에게 겁이 났던 그 밤이 아직 기억 속에 있다. 생애 처음 목격한 죽음 앞에서 나는 슬픔보다 슬픈 죄책감을 배웠다. 강아지를 갖는 건 오랜 소원이지만, 어떤 헤어짐 이후로 '소원'이라고 소리 내 말한 적은 없었다. 방에 돌아와 엉엉 울던 밤을 떠올리는 한, 아마 가질 수 없을 거다. 소원에만 머물 소원을 간직하고 사는 일이 벌이 될 수 있다면 앞으로 더 오랜 시간 벌을 받게 될 것 같다. 강아지를 좋아한다. '좋아하는 마음'은 그 무엇도 해치지 않아 참 다행이다.

그나저나
당신은 무엇을 좋아하세요?

혼자 있기로 한 시간

'혼자'라는 말이 낯설고 막막하던 시절이 있었다. 요즘은 자주 혼자다. 잘 익은 외로움은 달다. 마음만 먹으면 언제든 곁을 나눌 가족, 친구, 애인이 있지만 틈틈이 혼자가 되려 애쓴다. 제대로 혼자가 되기란 만만치 않다.

외로움은 가끔 선택의 감정이다. 장식장에 놓인 여러 감정 가운데 외로움을 선택해 혼자이기로 결심한 날은 충만하고 평화롭다. 혼자를 두려워하던 때엔 상상할 수 없던 감정이다. 수많은 관계에서 벗어나 홀로 사색하는 시간을 미루면, 마음은 금방 생기를 잃는다. 공허한 영혼을 다시 살찌우고 회복시키는 일은 온전히 내 몫이다. 타인이 도울 수 있지만 전부는 아니다. 오직 혼자 짊어져야 할 일이 있다는 사실이 외롭지만, 외로움은 외로움대로 요긴하다. 홀로 충만해야만, 또다시 함께일 수 있다.

언젠가 프랑스 화가 마리 로랑생의 전시를 본 적이 있다. 차분하고 몽환적인 색감의 작품들 사이로 너른 벽이 보였고 벽면에는 한 줄의 문장이 적혀 있었다. '고독은 하나의 왕국입니다. (1948년 1월 마리 로랑생 비망록 중에서)' 고독은 역시 근사한 거야, 라고 생각하며 저마다의 왕국에서 고요히 무릎을 끌어안고 있을 사람들을 떠올려봤다.

오늘을 차분히 들여다봐요

은빛 머리칼을 가진 사람

지난여름 파리로 여행을 다녀왔다. 휴대폰에 담긴 여행 사진을 친구들에게 보여주자, 같은 질문들이 돌아왔다. "할머니, 할아버지 사진을 왜 이렇게 많이 찍었어?" 비슷한 질문을 해 온 사람이 더 있었다. 뭐라 말할까 고민하다 "움직임이 적어 사진 찍기에 좋거든!" 같은 대답으로 둘러대고 말았다. 사실은, 좋아하는 장면들이라서다. 내가 이 장면들을 아름답이 여긴다는 사실은 최근에야 깨달았다. 나조차 의식하지 못한 채로 노인의 뒷모습을 흠모하고 있었던 거다.

여행을 떠나서는 '좋아 보이는 것들'을 찍는다. 예쁘고 근사한 것. 때로는 예쁘고 근사하지 않지만 그럼에도 좋아 보이는 것들을 담는다. 우는 어린애를 안고 기차 칸을 오고 가는 할머니. 중절모를 맞춰 쓴 해변의 노부부. 피자 가게 직원으로 일하는 나비넥타이를 맨 할아버지. 예쁜 원피스를 차려 입은 등이 굽은 할머니. 다시 그 장면들을 하나씩 떠올려 보니 모두 움직이는 순간들이다. 미동이 없어 사진 찍기에 좋다고 둘러댔던 말은 완벽히 변명이었다.

나는 어떤 이유로 은빛 머리칼을 가진 어른들에게 마음을 빼앗기는 걸까. 왜 파리의 젊은 연인들이나 에펠탑 앞에서보다 기분이 환해지는 걸까. 나이가 들어 노인이 되고 싶은 걸까?

오늘을 차분히 들여다봐요

몇 해 전부터 더해가는 나이를 아쉬워하지 않았으니 아주 틀린 이야기는 아니다. 나이 든다는 말은 점점 노인에 가까워진다는 뜻이고, 나는 그 사실에 가끔씩 안도한다. 내 안에 별스럽고 모난 성질이 점점 여물어가는 모습이 반갑다. 내게 남은 젊은 날을 뜨겁게 보낸 뒤엔 느슨하게, 홀가분하게, 우아하게 늙어가고 싶다. 누군가 같은 질문을 한 번 더 해온다면, 그땐 "노인이 되고 싶어"라고 말할지도 모르겠다.

인생 주제곡

자주 벌어지는 일은 아니지만, 누군가 삶의 좌우명을 물으면 머뭇거리게 된다. 한참 취업을 준비하던 시절엔 어느 경영학자의 말을 인용해 '미래를 예측하기 가장 쉬운 방법은 자신이 만드는 것이다.' 같은 문장을 좌우명 란에 적었다. 속셈이 빤한 말이라 취업을 한 뒤엔 한 번도 좌우명이라 말한 적 없었다. 한때는 무라카미 하루키의 책 제목을 빌렸다. 『이렇게 작지만 확실한 행복』. 소박하지만 근사한 삶의 리듬이 느껴져 그 말을 좋아했다. 최근엔 자주 떠올리는 단어들로 좌우명을 지어 보고는 한다. '지금', '용기' 두 개의 단어가 재료다. '지금 용기 내자', '지금과 용기', '용기 내는 건 지금부터' 같은 말이 떠오르지만 어딘가 개운치 않은 문장들이다. 그 틈에 대학 시절의 좌우명이 떠올랐다. 위인의 어록은 내키지 않고 유려한 문장을 만들 재간도 없어, 좌우명 삼을 '인생 주제곡'을 골랐다.

바로 W&Whale이 부른 「R.P.G. Shine」. 이 노래는 과제를 하던 늦은 새벽 라디오에서 처음 들었다. '지루하게 선명하기보다는 흐릿해도 흥미롭게'라는 가사가 특히 마음에 와 닿았다. 가사의 의미를 제대로 이해한 건 지루하게 선명한 시간들이 다 흐르고 나서였다.

오늘 누군가 내게 삶의 신념이 있느냐고 물었다. 그래서 이 노랫말을 다시 떠올렸다. 흐릿해도 흥미로운 삶을 꿈꾸는 요즘, 그리고 앞으로도 이 노래가 삶의 좌우명이자 주제곡으로 쓰인다면 좋겠다.

'불안할 것 없어 다가올 일도. 중요한 건 바로 지금.' 예전엔 그냥 지나쳤던 가사가 새로이 들린다. 요즘 자주 떠올리고 있는 '지금', '용기' 두 개의 단어가 이 가사와도 꼭 닮았다.

그나저나
당신은 무엇을 좋아하세요?

친구 같은 관계

TV에서 본 어느 부부의 이야기를 하던 중이었다. "엄마, 니체가 그랬대. 우정은 사랑보다 한 차원 높은 감정이라고." 언젠가 책을 읽다가 기억해둔 말을 꺼내자 엄마는 맞네, 하며 맞장구를 쳤다. TV 속의 부부는 나이의 터울이 무색했다. 부부라기보다 연인이고, 친구였다. 부부는 서로를 가장 가까운 친구라고 소개했다.

부부가 나누는 마음에 단 하나의 이름을 붙일 수 있다면 그건 '우정'일 거라고 생각했다. '사랑'보다 더 어울리는 말이었다. 머릿속으로 책에서 본 글자들을 마저 더듬어 봤다. 니체는 사랑을 이기적인 소유욕이라고 정의했다. 대신 우정을 두고는 사랑을 뛰어넘는 너그럽고 단단한 가치라고 말했다. 연애나 결혼의 토대는 우정이어야 한다는 구절에서 고개를 끄덕이던 순간이 떠올랐다.

어린 시절엔 키가 비슷한 또래나 옆집 강아지, 곰 인형, 만화 주인공과도 쉽게 친구가 됐다. 강아지나 곰 인형이 나를 '친구'라고 부른 적은 없지만, 나는 그것들을 아끼고 좋아했다. 친구가 된 이들과는 마음을 주고받았다. 적당한 거리를 두고 서 있다가 필요한 순간 곁에 와주는 일도 늘 친구의 몫이었다. 간혹 멀어졌지만 다시 제자리로 돌아오는 일도 금방

오늘을 차분히 들여다봐요

이었다.

우정은 오래전부터 배워온 마음이다. 얼핏 사랑과 비슷하지만, 그보다 아량이 있고 이성적이며 자유로운 마음. 여전히 내게 우정을 나누어주는 이들이 있다. 서로 다른 호칭으로 불리지만 이름 앞에 '친구 같은'이라는 말이 앞서는 사람들을 떠올리면 마음이 든든하다. 다정하고 편안한 눈빛으로 서로를 바라보던 부부를 떠올리며, 내 곁의 친구 같은 사람들을 생각했다. 그들을 바라보는 내 눈빛도 다정하고 편안했을까. 아마, 다르지 않았을 거다.

느린 망각의 시간

예전의 일이다. 좋아하던 동네 카페가 문을 닫았다. 얼마 지나지 않아 그 자리에 분식집이 들어왔다. 습관이란 정말 무서운 건지, 카페가 사라지고도 몇 번이나 카페에 갈 채비를 했다. 며칠을 버릇처럼 그 카페를 떠올리다가 아차, 발길을 돌렸다. 뭐든 적응이 빠른 편이지만 자리를 오래 지켜온 것들과 이별하는 일에는 늘 어설픔이 따른다.

새해가 시작되고 몇 번이나 실수로 2021을 적다가 빗금을 그었다. 다시 2022로 고쳐 적는 손의 느낌이 낯설다. '금방 익숙해지겠지.' 생각하면서도 버릇처럼 쓴 1이 싫지 않아 글자를 고치는 손에 뜸이 들었다. 시간은 힘이 세고, 기억은 무능하다. 많은 기억이 시간에 휩쓸려 갈 때, 어떤 기억 하나쯤은 천천히 흘려보내는 것도 나쁘지 않겠지. 사라진 카페를 습관처럼 떠올리던 순간에도 비슷한 기분이 들었다.

오늘을 차분히 들여다봐요

그나저나
당신은 무엇을 좋아하세요?

과거를 추억하는 사람

과거의 사소한 일들을 기억하는 데는 별 재능이 없다. 오랜 친구들과 둘러앉아 "옛날에 학교 다닐 때…"로 시작하는 옛이야기를 늘어놓을 때면 자주 미간이 좁아지고 눈동자를 굴린다. 가끔은 무의식의 바다에서 귀한 기억을 건져 올리기도 하지만, 숱한 기억은 전설의 보물선처럼 흔적조차 찾아낼 수 없다. 말과 글을 암기하거나 타인의 얼굴을 알아보는 일은 쉽지만, 지나온 역사를 다시 곱씹는 일은 어렵다. 모두 '기억'이라는 이름으로 불리지만 미묘하게 다른 일이다. 간직해야 할 기억들까지 쉽게 잊히는 게 두렵지만, 잊으므로 비워낼 수 있는 마음이 있다는 것을 생각하면 안심이 된다. 아무래도 잘 잊는 건 복이자 독이다. 그래서 내겐 편지와 일기, 사진 그리고 친구가 귀한 존재다. 귀한 단서에 기억을 기대면 잘 잊지만, 모든 걸 잊지는 않는 사람으로 살게 된다.

친구 지혜는 과거의 일을 추억하는 데 뛰어난 재능이 있다. 어울려 다니던 시절의 크고 작은 일화들부터 옆 반 아무개의 연애 상대, 우리 반 반장이 즐겨 듣던 가요, 친구 1의 헤어스타일 변천사나 친구 2의 사소한 취향까지 빠짐없이 기억해낸다. 우리가 함께 보낸 시간들이 그녀의 기억 속에서 촘촘히 쌓여 있다.

피천득 『인연』에서 '예전을 추억하지 못하는 사람은 그의 생애가 찬란하였다 하더라도 감추어둔 보물의 세목과 장소를 잊어버린 사람과 같다'는 문장을 보고 그녀를 떠올린 날이 있다. 지난 생애에 감추어둔 보물을, 그녀는 매번 대견하게 찾아낸다. 찾아내서 두 손에 담아 우리 앞에 건네준다. 그러면 우리는 박수를 치며 좋아한다. "역시 옛날얘기가 재밌지." 소리 내 웃다 보면 금방 날이 저물고, 또 소중히 감추어 둘 보물이 생겨나기도 한다.

진심의 얼굴

나는 내 얼굴을 얼마나 알고 있을까. 내가 가진 표정의 개수를 빠짐없이 헤아릴 수 있을까. 나의 '웃는 얼굴'은 거울을 보지 않고도 단숨에 그려낼 수 있다. 편안한 미소나 어색한 웃음은 사진 속에 자주 담긴다. 웃을 때 입가에 패이는 주름의 깊이, 드러나는 이빨의 모양을 잘 알고 있다. 들뜬 표정, 신난 표정, 장난스런 표정도 비교적 쉽다. 언젠가 맥주를 마시고 '캬!' 소리를 내는 내 모습이 친구의 휴대폰에 담긴 적이 있다. 가늘어지는 눈과 구겨지는 미간이 보였고, 그 얼굴이 새삼스럽게 느껴졌다. 그럼 슬픔이 내려앉은 얼굴, 분노가 맺힌 얼굴, 불안과 허탈과 절망을 가진 얼굴은 어떨까. 곰곰이 떠올려 보아도 선명하지 않다. 짐작만 할 뿐, 누군가 내 고통의 찰나를 사진으로 포착하지 않는 한 영원히 모른 채 살지도 모른다. 내 얼굴 안에 내가 한 번도 본 적 없는 표정들이 숨어 살고 있다.

하루는 이야기를 주고받던 친구가 "너, 얼굴에 진심이 아니라고 쓰여 있는데?"라고 말했다. 요즘은 영혼 없는 표정이 얼굴에 탄로 나는 일이 부쩍 잦다. 곧 능청스런 표정을 지어 보였지만 이미 들킨 일이라 "요즘 거짓말을 잘 못해"라고 순순히 고백했다. 그때 '진심이 아닌 얼굴'은 어떤 모양일까 궁금했다. 거짓 마음을 말할 때 나는 어떤 표정을 지을까. 본 적 없는 그 얼굴이 왜인지 싫지 않다. 어쩌면 피노키오처럼 코가 길어지는지도 모를 일이다.

알 것 같은 감정

언젠가 친구에게 마음을 털어놓던 중이었다. 이제와서는 그게 어떤 걱정거리였고 얼마나 깊은 문제였는지는 생각이 나질 않고, 곰곰이 이야기를 듣던 친구의 표정만이 어렴풋이 떠오른다. "나 그 마음 뭔지 알 것 같아." 말을 아끼던 친구는 조심스레 말했다. 그 뒤로 더는 말을 잇지 않았지만, 친구의 눈을 보자 마음의 짐이 잊히는 기분이었다. 겪어본 적 없는 감정을 타인의 마음을 빌려 그려보는 눈빛. 그게 고마웠다. '알 것 같은 감정'은 뭘까. 완벽한 무지도, 완전한 이해도 아닌 감정은 어떤 이름으로 불러야 할까. 가끔 친구들과 이야기 나누다 알 것 같은 감정과 마주칠 때면 안심이 된다. 그 마음을 가지고 타인의 곁에 조금은 더 가까이 다가가 볼 수 있다. 알 것 같은 감정은 차라리 진실하고 투명하다. 안다고 으스대지 않고, 모른다고 내버려두지 않는 마음.

"보고 있으면 애잔해, 사랑인가 봐." 두 살배기 딸을 키우는 친구가 내게 그렇게 말했을 때 어쩐지 나도 애잔한 마음이 들었다. "그 마음 뭔지 알 것 같아"라고 대답할 땐 고맙고 애틋한 얼굴들이 떠올랐다. 나도 그 얼굴을 사랑이라고 부른 적이 있었다. 부모가 되어보지 않는 한 친구의 말을 온전히 이해할 순 없겠지만, 어쩐지 그 마음을 어렴풋이 알 것 같다.

오늘을 차분히 들여다봐요

말을 놓는 용기

지난 추석, 외갓집에 모여 윷놀이를 했다. 손주들끼리 편을 갈라 벌이는 대항전이었다. 심판은 할아버지였다. 우리 편의 말을 옮기는 일은 내가 맡기로 했다. 윷놀이 판의 말을 움직이는 건 신중과 담력을 요하는 일이다. 적이 뒤따르는 상황, 위험을 감수하고 눈앞의 말에 업힐 것인가, 안전히 먼 길을 돌아갈 것인가 아니면 지름길에 승부를 걸 것인가, 새로운 말을 투입할 것인가, 우선 상황을 주시할 것인가와 같은 수많은 기로를 판단한다.

우리 편의 차례가 돌아와 내가 말을 옮길 때면, 할아버지는 "고놈 참 배짱 있네!" 하고 추임새를 넣으셨다. 나는 용감했던 걸까. 윷놀이 대항전의 승패는 기억이 나질 않는다. 다만 "업혀!", "가자!" 같은 말을 자주 외쳤던 내 음성만이 또렷할 뿐이다. 할아버지는 연휴가 지날 때까지 윷놀이를 추억하며 말씀하셨다. "하람이가 겁이 없어. 제법 담대하더라고."

말을 옮기는 일로 배짱의 크기를 가늠할 수 있을까? 그렇다면 매년 추석 할아버지 댁에 윷놀이 판을 깔고, 윷을 던지고, 말을 옮기는 것으로 배짱의 크기를 심판받고 싶다. 할아버지 앞에서 한 해 동안 가꾼 용기를 시험해보는 상상을 한다. 다가오는 설엔 할아버지께 꼭 이렇게 인사드리고 싶다. "할아버지, 올해는 말을 놓는 마음으로 살아볼게요."

오늘을 차분히 들여다봐요

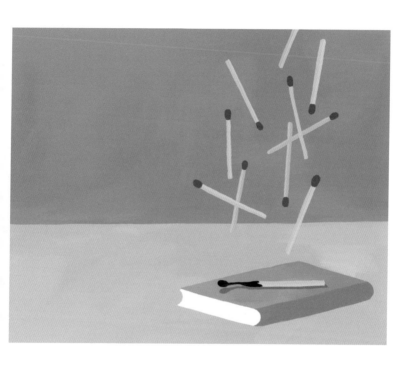

그나저나
당신은 무엇을 좋아하세요?

이응의 책들

좋아하는 서점에 자주 들른다. 서점 끝에 다다르면 긴 테이블이 놓인 카페가 있다. 그곳에는 좋아하는 자리가 있고 좋아하는 메뉴가 있다. 좋아하는 공간을 반복해 가다 보면 나만의 질서가 생긴다. 늘 같은 자리에 앉아 같은 음료를 마시는 규칙은 살피는 이가 없어도 반드시 지킨다. 자리를 잡으면 보고 싶던 책을 읽는다.

목표한 책이 없는 날엔 A13-7 국내 에세이 'ㅇ' 서가로 간다. 거기 이응으로 시작하는 제목의 책들이 있다. '아무튼, 여행, 우리, 안녕, 오늘, 아이' 좋아하는 단어들이 모두 모여 있다. 기웃거리다 멈춰 서서 한 권을 꺼내 본다. 서점에서의 규칙이 지속되는 한, 언젠가 첫머리에 이응을 가진 책들을 모두 읽게 될 것 같다.

오늘을 차분히 들여다봐요

차갑고도 따뜻한 캐롤

한겨울이 독차지하고 있지만, 사실 캐롤은 사계절 어느 때와도 잘 어울린다. 봄이면 만물이 움트는 생기와 여름이면 들뜨는 소란과 가을이면 선명히 물드는 붉은 빛깔과 절묘하게 조화롭다. 성탄절을 앞둔 연말은 물론이거니와, 그 여운이 채 가시지 않은 연초의 분주함과도 의외로 잘 어울린다.

나는 캐롤을 사계절 내내 플레이리스트에 넣어두었다가 명랑한 기운이 필요할 때마다 묘약처럼 꺼내 듣는다. 캐롤을 들으면 천장에 닿을 만큼 커다란 트리와 모닥불을 피운 벽난로, 빨간 벽돌로 지은 네모난 굴뚝, 오색 실로 꿰어낸 양탄자 같은 것들이 눈앞에 그려진다. 가져본 적 없는 것들이지만, 캐롤을 들을 때면 이미 곁에 있는 것처럼 느껴지곤 한다. 이토록 추운 계절을 노래하는 따뜻한 음악이라니, 춥고 따뜻한 모든 계절에 곁들이기 좋은 이유다.

비비안 마이어의 사진들

고흐는 살아생전 800점의 유화 작품 중 단 한 점의 그림을 팔았다. 그리고 37세로 짧은 생을 마감했다. 동생 테오에게 남긴 편지에서 그는 "말로 다 하지 못한 말들은 나의 그림이 대신할 거야This canvases will tell you what I can't say in words"라고 이야기했다.

고흐의 그림을 볼 때면 떠오르는 한 사람이 있다. 조용하고 비밀스러운 사진가 비비안 마이어다. 그녀를 알게 된 건 「비비안 마이어를 찾아서」라는 다큐를 통해서였다. 마이어는 40년간 거리로 나가 30만 장에 이르는 필름을 촬영했지만, 그 누구에게도 사진을 공개한 적이 없었다. 평생 독신으로 살면서 보모, 가정부, 간병인으로 일했고 주변인들에겐 가명으로 본인을 소개했다. 그녀가 세상을 떠난 후, 역사학자 존 말루프는 우연한 계기로 그녀의 필름을 사들인다. 그렇게 비비안 마이어의 존재가 세상에 알려졌다. 그녀를 기억하는 사람들은 '괴팍한, 비밀스러운, 무뚝뚝한, 유별난, 장난스러운, 지적인' 같은 단어로 그녀를 설명한다. 사진엔 화려하고 궁핍한 20세기 시카고, 뉴욕의 모습이 담겨 있다. 마이어는 이제 세상에 없지만 사람들은 그녀가 남긴 사진을 보며 그녀가 '천재적이었다'라고 말한다.

오늘을 차분히 들여다봐요

그녀의 이름 앞엔 '아무도 몰랐던 사진가'라는 별칭이 붙는다. 마이어는 비밀스러운 삶을 바랐던 걸까, 명성을 떨치길 원했지만 비운의 삶만이 주어진 걸까. 비밀에 부친 이야기가 너무 많아 한마디로 그녀를 설명하기엔 어렵다. 그녀가 가까운 이에게 편지를 썼다면 아마 이렇게 말하지 않았을까.

"말로 다 하지 못한 말들은 나의 사진이 대신할 거야."

화단 아래 감춰둔 비밀

나는 709동, 친구 이랑은 710동에 살았다. 고등학교에 입학해 처음 만난 우리는 삼 년의 통학 길을 함께했다. 학교 가는 길엔 종종 친구의 mp3 이어폰을 나누어 꼈다. "오늘은 이 노래가 어울리겠어." 매일 같은 길을 따라 걷는데도 그녀는 번번이 노래를 고르는 데 신중했다. 노래는 늘 그날의 분위기와 잘 어울렸다. 이랑의 방에는 심오한 제목의 책들이 빼곡했다. 낯설고 어렵게 느껴지는 그 책들을 빌려 본 적은 없지만, 손으로 책 등을 쓸다가 '성석제', '기형도' 같은 이름을 외웠다. 이랑은 "나중에 글 쓰면서 살고 싶다"라고 자주 이야기했다. 나중이라는 말은 아득하고, 글 쓰는 삶을 떠올리면 하품이 나왔기에 그때마다 그녀의 팔을 끌어 밖으로 나가곤 했다. 우리는 가끔 비밀스러운 얘기를 쪽지에 적어 화단 아래에 묻었다. 어떤 비밀을 모았는지, 그걸 왜 흙으로 덮어두기로 했는지는 잘 모르겠지만 등굣길에 쪽지를 묻어 둔 길목을 지날 때마다 그녀와 마주 보며 자주 웃곤 했다.

크리스마스를 앞둔 밤이었다. 아파트 단지 놀이터에서 나란히 그네를 타다 이랑이 말했다. "우리 산타 놀이해볼래?" 휴대폰으로 모르는 이에게 전화를 걸어 낭만적인 크리스마스 선물을 건네자고 했다. 전화가 연결되면 캐롤을 부르다 그 끝에

오늘을 차분히 들여다봐요

"메리 크리스마스!"라고 외치자는 계획이었다. 생각하자 얼굴이 화끈거렸다. "나는 못 해!" 고개를 젓는 사이 그녀는 목을 가다듬고 노래를 부르기 시작했다. "메리 크리스마스!" 여러 번의 성탄 인사가 들리는 동안 나는 옆에서 숨을 죽였다. 허튼 장난으로 여겨 누군가 성을 내면 어쩌나 걱정하던 마음도 잠시, 이랑이 휴대폰을 들여다보며 웃었다. "문자가 왔어. 예쁜 노래 고맙다고. 즐거운 크리스마스 보내래! 누구냐고 묻는 문자엔 어떻게 대답할까? 선물이라고 해야지! 크리스마스 선물." 그녀의 성화에 못 이겨 나도 용기를 냈다. 어떻게 휴대폰 번호판을 누르고 노래를 불렀는지는 생각이 나지 않고, 떨리는 목소리로 전화를 마친 뒤의 장면만이 선명하다. 고개를 돌려 이랑의 얼굴을 보고는 웃었다. 함께하는 모든 일의 끝이 늘 그랬던 것처럼.

그때만 할 수 있던 일들을 그때 잘 해냈다고 생각하던 차에 '이랑과 함께라면 지금도 문제없지' 하는 수줍은 용기가 솟는다. 그런 마음은 꾸밈없이 무구했던 시절로부터 빌려오는 것이다. 순수로 무장했던 한 시절은 남은 삶을 지탱할 수 있는 힘이 된다. 비밀스럽고 엉뚱하고 용감한 삶을 다시 욕심낼 수 있는 건 그때의 우리 덕분이다.

12월 31일 밤

한 해의 마지막 날, 그날 밤에는 묘한 감정에 사로잡힌다. 들떠야 할지 침착해야 할지 좀처럼 갈피를 잡을 수 없다. 꼭 '지난 한 해의 소회를 서술하시오', '새해의 각오를 제시하시오' 같은 질문이 적힌 시험지를 앞에 둔 심정이다. 시험지를 빼곡히 채우려고 애쓰던 시절이 있었는데, 이제는 힘을 빼고 미련도 소망도 적당히 적어낼 줄 안다. 나쁜 기억은 그대로 두고 좋은 기억만 챙겨 한 해의 고개를 넘을 거다. 내일이면 적당한 기쁨과 적당한 슬픔이 준비된 새해의 땅에 도착할 테고, 거기서 새로운 기억을 길러내야지.

한 해 끝의 분주함을 좋아한다. 열두 달 만에 다시 '처음'을 기대하는 밤. 뭐든 새로 시작할 수 있을 것 같아 새삼 마음을 다잡는 밤. 아무래도 364일간 쓰고 남은 비장함이 12월 31일에 모여 나를 기다리는 것 같다.

오늘을 차분히 들여다봐요

그나저나
당신은 무엇을 좋아하세요?

시작을 알 수 없는 이야기

누군가 한곳에 오래 머물면 그 사람의 목소리가 벽에 밴다. 깊은 밤, 아무도 살지 않는 빈집에 귀를 기울이면 벽에 스며 있던 소리가 새어 나온다. 사실인지, 어디에서 누구로부터 전해진 이야기인지는 모르겠지만 어린 시절부터 그 말을 굳게 믿어왔다. 그 뒤로 가끔 고요한 밤이면 가족들이 모두 떠난 집을 상상하곤 했다. 우리 집 벽에는 어떤 소리가 배어 있을까? 웃음소리, 다툼 소리, 서로의 이름을 부르는 소리, 생일 축하 노랫소리, 사소한 잡담 소리가 어지럽게 엉킨 모습을 그려 본다. 집에서 가족들의 이름을 부르는 쪽은 주로 엄마이기에 집 안 곳곳에 스민 이름들은 엄마의 목소리로 복원될 것이다. 엄마가 우리 이름을 부르는 식탁 앞에, 현관 주변에, 방문 앞에 특히 더 선명한 소리들이 새겨져 있겠지. 가족들의 수다에 슬쩍 한두 마디 말을 얹는 아빠의 목소리는 자세히 귀를 기울여야만 발견할 수 있을 거다. 저마다의 방에는 각자만이 알고 있는 은밀한 소리들이 배어 있지 않을까. 아무도 듣지 못한 혼잣말, 누군가와 나누던 전화 소리, 몸을 낮추고 속삭이던 말소리를 떠올리면 귓가가 간지러워진다.

다리를 떨면 복이 달아나고, 아침에 까치가 울면 좋은 소식이 들려온다는 이야기는 누구로부터 시작된 걸까. 손톱을 깎을

오늘을 차분히 들여다봐요

땐 종종 '손톱을 갉아 먹고 사람으로 둔갑한 생쥐' 이야기를 떠올린다. 역시 기원을 찾을 수 없는 이야기지만, 매번 주위를 살펴 조심스레 손톱을 모아 버린다.

"이런 이야기가 있다던데 말야." 누군가로부터 시작된 이야기는 입에서 입으로, 귀에서 귀로 전해진다. 어떤 이는 그 얘길 오래 간직하다 또 다른 이에게 들려준다. 이른 아침 까치 울음소리에 마음이 환해지는 이가 있고, 문득 벽 가까이에 귀를 대 보는 사람이 있다. 아주 오랜 시간 길을 떠돌던 얘기들은 그렇게 누군가의 곁에 잠시 머문다. 그리고 다시 길을 나선다. 주인 없는 어떤 이야기를 모두가 알기까지는 그리 많은 시간이 걸리지 않는다.

그나저나
당신은 무엇을 좋아하세요?

고모의 옛날이야기

누군가 '옛날 옛적에'로 운을 떼면, 턱에 손을 괴고 자세를 고
쳐 앉게 된다. 고모의 옛날이야기를 듣던 어느 겨울날의 카
페, 그 밤에도 의자를 몇 번이나 당겨 앉았다. 고모는 커피잔
을 만지작거리며 이야기를 시작했다.

"옛날 옛적에, 그러니까 벌써 30년 전이네. 학력고사가 끝
난 뒤였으니까 아마 이맘때였을 거야. 어느 날 친구가 화양
리에 있는 카페에 가자고 하더라고. 그때만 해도 이런 카페
들이 흔치 않았거든. 그 친구에겐 언니가 둘이나 있어서 이
런 세계에 일찌감치 눈을 떴던 거지. 나는 난생처음 카페라
는 곳에 가보게 된 거야. 친구를 만나기로 한 날, 마음이 들
떠서 약속한 시간보다 일찍 카페에 도착했어. 노출 콘크리트
가 근사한 곳이었지. 커피를 주문하고 친구를 기다리는 시간
이 참 설레더라. 그때 카페에는 조지 마이클의 「A Different
Corner」라는 곡이 흘러나왔어. 카페 천장이 높은 탓에 소리
가 '왕 왕 왕' 울리는 데 황홀하고 묘한 기분이 드는 거 있지.
그렇게 가만히 앉아 두 시간을 보냈어. 그런데도 친구는 나
타나질 않는 거야. 카페 전화기를 빌려 친구네 집에 전화를
해보니까, 친구가 급한 일이 생겨 다른 곳으로 외출을 했다더
라고. 바람 맞힌 친구가 괘씸할 법도 한데, 웬일인지 밉지가

않더라. 그 친구가 아니었다면 그 카페에서 그 음악을 들을 일도 없었을 테니까. 그건 내게 참 강렬한 기억이거든. 아직도 그 음악을 들으면 그날의 풍경이 눈앞에 펼쳐져."

고모의 얼굴에 열아홉 소녀의 얼굴이 비쳤다. "어쩐 일인지 그날 이후로 다시 그 카페에 가보진 못했어. 그런데 요즘 문득 그때의 기억이 떠오르는 거야. 그래서 비슷한 분위기의 카페를 찾다가, 여길 발견하게 됐지."

그제야 고모가 함께 가고 싶은 곳이 있다며, 나를 이곳에 데려온 이유를 알게 됐다. 고개를 들자 높다란 천장이 보였다. 노출 콘크리트 벽의 근사함도, 노랫소리의 울림도 30년을 거슬러 온 것처럼 낯설게 느껴졌다. 저녁을 한참 넘긴 시간이라 카페 손님은 우리가 전부였다. 수염이 덥수룩한 주인 아저씨만이 멀찍이 떨어진 테이블 앞에 앉아 있었다. 어쩌면 옛날이야기에 턱을 괸 이가 나뿐만이 아니었는지도 모르겠다. 언젠가 늦은 밤, 고모와 또 그 카페에 가게 된다면 주인 아저씨에게 「A Different Corner」를 신청곡으로 전해야지. 그리고 가만히 운을 떼고 싶다. "제가 좋아하는 이야기가 있는데요. 그러니까 옛날 옛적에…."

명랑한 감사 인사

스스로를 기특히 여기는 순간이 있다. 대게 그런 감정은 누군가에게 자랑할 거리를 만든 순간에 일어나지만, 가끔은 아무도 나를 의식하지 않는 순간에 찾아오기도 한다. 칭찬이나 대가를 필요로 하지 않기에 비밀스럽게 만끽하는 뿌듯함이랄까. 내게는 꼼꼼히 신경 쓴 분리수거, 땅을 보고 걸으며 개미굴 피해 가기, 신기 좋은 모양새로 욕실 실내화 돌려놓기 같은 일들이 그렇다.

그중에 가장 뿌듯한 일은 버스에서 내릴 때 건네는 감사 인사다. 매번 버스가 목적지에 다다르면 하차벨을 누르고 목을 가다듬는다. 버스가 정차하면 기사님 곁에서 힘차게 "감사합니다"를 외친다. 명랑한 음성이 부유하는 버스 안의 공기는 조금 전까지의 건조한 공기와는 다르다. 미세한 변화지만, 그 순간만큼은 입술 가까이로 공기의 결이 느껴지기도 한다. 덕분에 '인사하는 사람들'에게 반하는 일도 잦다. 앞서 버스를 내리는, 식당을 나서는, 인파에 섞여 가려지는 사람들이 놓고 간 인사말 덕분에 방금 전보다 마음이 더 예뻐진다.

음악이 흐르던 순간

오래전 봄 1000번 버스를 타고 집으로 돌아오던 길, 나는 착
잡한 기분이었다. 그래서 버스 라디오에서 '울고 싶어라'가 절
묘히 흘러나올 때 '어쩐지 영화 같다'고 생각했다.

그에게 고백 받던 순간, 멀리서 「Butterfly」가 들려왔다. 오래
전 여름날의 공원이었다. 그가 결정적인 대사를 말할 때 흐르
던 노래 가사가 '빛나는 사람아, 난 너를 사랑해' 였는지 '뜨겁
게 꿈틀거리는 날개를 펴'였는지 짐작할 수는 없지만, 그 노래
덕에 꼭 영화 같은 순간이라고 생각했다. 어떤 공간에, 어떤
누군가와 나 사이에 음악이 흘러 더욱 특별해진 기억이 있다.
파리 여행 중 몽마르트르 언덕에 올랐을 땐 아름다운 하프 연
주곡이 들렸다. 그 앞에 한참을 머무르는 동안 마치 꿈속을
걷는 기분이 들어, 나도 모르게 '영화 같다'라고 소리 내 말했
다. 그때의 기분이 아직 영화처럼 생생하다.

그나저나
당신은 무엇을 좋아하세요?

여행지의 집

여행지마다 몸을 뉘일 곳이 있었고 여행하는 동안 그곳을 모두 '집'이라는 이름으로 불렸다. 열쇠를 갖고, 옷가지를 빨아 널고, 몇 번의 아침을 맞이했다는 사실만으로 낯선 공간이 정다워지는 일은 신비하다. 냉풍기가 천장에서 밤새 끽끽 소리를 내며 울던 곳, 침대 매트리스가 푹 꺼져 등을 굽혀 자던 곳, 창밖의 풍경이 하루 끝의 맥주 안주가 되어 주던 곳 모두 집으로 불렸다.

저녁 무렵 '집에 가자'고 말하면 안심이 됐다. 여행지에서 가장 먼저 눈에 익는 길은 집을 따라 난 길이었다. 매일 밤 집으로 돌아갔고 거기선 마음을 놓았다.

지난겨울 프라하를 여행할 땐 낡은 아파트에 머물렀다. 와이파이 비밀번호가 'lifeisgood'이라고 일러주던 초록 눈동자의 주인, 복도의 우아한 나선형 계단, 커튼 사이로 보이던 맞은편 테라스로 어느 겨울의 '우리 집'을 기억하고 있다. '집'이라는 이름을 나누어 가진 지난날의 여러 장소를 떠올려본다.

오늘을 차분히 들여다봐요

모험하는 인생

"이 나무에 봄이면 벚꽃이, 가을이면 은행잎이 달리는 거 아니야?" 길을 걷다 동생이 물은 적 있다. 동생은 한 그루 가로수에 벚꽃이 폈다가 지면, 은행잎이 싹트는 줄 알았다고 고백했다. 벚꽃 은행나무라니, 엉뚱한 발상이었지만 곱씹으니 근사한 모양새였다.

'벚꽃 은행나무' 같은 사람들의 이야기를 좋아한다. 나도 그런 사람이 되기를 바라왔다. 의사 슈바이처는 사실 오르간 연주자이자 신학자였다. 건축가 안도 다다오는 건축가가 되기 전에는 프로복서였다. 화가 폴 고갱은 주식 중개인으로 성공을 누리다 화가의 길을 택했다. 작가 무라카미 하루키는 재즈카페를 운영하다 소설가의 길로 들어섰다. 우연한 결심과 계기로 '또 다른 무엇'이 된 사람들의 이야기는 늘 흥미롭다. 한 철 분홍빛 벚꽃을 뽐내다가 "나는 이제 은행잎을 피워 볼래"라고 말하는 나무라면 이 사람들과 같을까. 요즘 주말마다 짬을 내 만화를 그리고, 발명 대회에 출전하거나 카메라를 메고 집을 나선다. 어설프지만 즐거운 일이다. 얼핏 새로운 목표가, 꿈이 우연처럼 생기기를 바라고 있다. 스스로에게 어떤 사람이 되고 싶은지 자주 묻고 다시 답을 찾아 걸음을 옮기는 요즘이다.

그나저나
당신은 무엇을 좋아하세요?

착하고 뻔뻔한 일탈

반복해 꾸는 꿈이 있다. 늦은 새벽까지 일에 시달리거나, 끝내지 못한 일을 내일로 미룬 채 잠들면 꾸는 꿈이다. 꿈속의 나는 교복을 입고 있다. 이른 아침이고, 틈틈이 시계를 확인하며 학교에 갈 채비를 한다. 그대로 무사히 학교에 도착하면 좋겠지만 번번이 문제가 생긴다. 고장 난 엘리베이터에 갇히거나 버스를 놓치고 낯선 길을 헤맨다. 때로는 마술처럼 순식간에 시간이 지나, 운동화 끈을 매고 정신을 차리면 정오 무렵이다. 어쨌든 손을 쓸 수 없이 완벽한 지각이다. 겨우 도착한 학교. 텅 빈 복도를 걸어 교실까지 오는 동안 입술이 마르고 식은땀이 난다. 끝내 교실 문은 열지 못한다.

며칠 연달아 비슷한 꿈을 꾸고 나면 마음이 어수선하다. 더는 교복을 입지 않고, 등교할 학교가 없다는 사실을 깨닫고 나서야 가슴을 쓸어내린다. 침대에 누운 채로 손가락을 접어가며 오늘 해결할 일들을 셈한다. 가만히 천장을 바라보며 내일은 같은 꿈을 되풀이하지 않기를 바라지만 장담할 수는 없다. 한동안 반복해 꾼 꿈이 아니라면, 깨어나 코웃음을 친다. 간밤엔 괴로웠지만 돌이키면 시시한 일이다. 한 번쯤은 괜찮지 않았을까, 지각이라는 거. 이제 와 큰소리쳐보지만 학창 시절의 나는 정말로 지각을 두려워했다. 정해진 규칙을 어기면 큰일

오늘을 차분히 들여다봐요

이 난다고 믿었던 소심파였기에 지각을 면하기 위해 아침마다 마음을 졸였다. 그렇다 해도 학창 시절의 지각이 여전히 악몽의 소재로 쓰이는 건 억울한 일이다. 그로부터 오랜 시간이 지났고, 이제는 내게도 적당한 담력과 배짱이 있다.

"멀쩡히 잘 다니던 직장을 왜?" 회사를 관두겠다고 선언했을 때 곁에 있는 이들은 의아해했다. 말 그대로 멀쩡히 잘 다니던 회사였다. 내가 별 탈 없이 오래 직장생활을 이어갈 거라 생각했던 지인들은 갑작스러운 탈선이 뜻밖이라고 했다. 반복되는 일상에 지쳐서. 조금 더 능동적인 삶을 살기 위해. 자유롭고 싶어서. 매번 다른 대답을 했고 모두 진심인 말들이었다. 대답 후에 돌아설 땐 종종 불안했지만, 오래갈 마음은 아니었다. "생각해보니까, 그동안 내 인생에 작은 사건 하나 없었더라고. 더 늦기 전에 만들어 봐야지." 고백하듯 말할 땐 마음이 조금 후련했다.

가끔 막다른 벽을 만나는 순간이 있다. 열심히 몸을 움직여 걷지만 더 나아갈 수 없는 상태. 제자리걸음이 그런대로 나쁘진 않지만, 어쩐지 개운치 않은 기분이 들 땐 걸어온 길의 정반대로 향해본다. 고집하던 방향이 옳았고, 뒤돌아 걷는 일이 두렵더라도 그 용기가 가져다 줄 새로운 기쁨을 기대한다.

그나저나
당신은 무엇을 좋아하세요?

어쩌면 영원히 몰랐을, 보고도 지나쳤을 기쁨. 언젠가 꿈속에서 한번 더 지각의 순간을 맞는다면 그땐 땡땡이를 쳐볼까 싶다. 한 번쯤은 괜찮지 않을까, 지각이라는 거.

오늘을 차분히 들여다봐요

차에서 듣고 가는 노래

하루라도 노래를 듣지 않는 날이 없다. 집에서, 길에서, 움직이면서, 가만히 멈춰 서서 노래를 듣는다. 혼자 감상하는 노래가 있는가 하면 함께 듣는 노래가 있다. 더 좋아하는 쪽은 함께 듣는 노래다. 홀로 이어폰을 꽂고 있을 땐 가질 수 없는 기분이 함께 듣는 노래 안에 담겨 있다.

기억 속에 비 내리던 오후의 노래가 있다. 엄마와 함께 차를 타고 집으로 돌아오는 길에 라디오를 들었다. 날씨 탓인지 비와 어울리는 신청곡이 줄을 이었고, 주차장으로 들어설 즈음엔 이문세의 「빗속에서」가 흘러나왔다. 주차까지 마쳤지만 노래는 끝나지 않았다. "우리, 이 노래 마저 듣고 갈까?" 이미 노래의 간주에서부터 콧노래를 부르던 엄마였다. 고개를 끄덕이고 다시 자세를 고쳐 앉았다. 고요한 주차장 안에선 노랫말이 더 선명히 들렸다. 앞 유리창에 흐르는 빗물을 바라보며 엄마와 나란히 앉아 노래를 들었다. 좁은 차 안에 음악 소리가 가득 찼고, 그때 소리에도 밀도가 있음을 알았다.

그날의 기분을 다시 느끼고 싶지만 비와 차, 노래, 옆자리의 누군가를 모두 가진 날은 쉽게 찾아오지 않는다. 또다시 그런 순간을 기다린다. "우리 이 노래 마저 듣고 갈까?" 말을 건네고는 꼭 붙잡아 둘 순간을.

내리고 난 뒤

소복이 눈 쌓인 경치를 좋아한다. 빗물에 말갛게 씻긴 풍경을
좋아한다. 눈이나 비가 하늘에서 내리는 순간보다 내린 뒤의
흔적이 더 아름다워 보인다. 하얀 눈 위에 발자국을 내는 일,
사각거리는 소리에 귀를 기울이는 일, 비가 쓸어낸 나뭇잎의
청량한 향기를 맡는 일, 티끌 없이 맑은 바람을 마시는 일 모
두 '내리고 난 뒤'에야 온전히 만끽할 수 있다. 흔적이라는 단
어 앞에 '계절의, 여행의, 삶의' 같은 말을 덧붙여본다. 아름다
운 흔적을 남기는 게, 눈이나 비뿐만은 아닌 것 같다.

그나저나
당신은 무엇을 좋아하세요?

처음이자 마지막인 기억들

여행을 마치고 공항으로 돌아갈 때면, '처음이자 마지막'이라는 말을 생각한다. 머물다 돌아온 대부분의 여행지가 그랬듯, 그 도시를 여행하는 일은 처음이자 마지막이 될 거다. 생은 계속되고 언젠가 두 번째, 세 번째 만남을 기약하게 될지도 모르지만, 아쉬운 이별일수록 '마지막'이라는 말에 마음이 기우는 건 어쩔 수가 없다.

'처음이자 마지막'이라는 말을 곰곰이 되짚으면 꽤 많은 장면들이 떠오른다. 춤을 췄던 장기자랑 무대, 반장을 맡았던 초등학교 5학년 2학기, 먼저 한 고백, 칭장열차에서 맛본 고량주, 여름을 보낸 티벳과 인도(그리고 또 만나자고 해놓고 다시는 만나지 못할 몇 군데의 여행지). 이 모든 기억을 '생애 처음이자 마지막'이라고 이야기하면서도 어떤 건 되풀이되길 바라고 있다. '처음'만으로도 소중한데 '처음이자 마지막'은 얼마나 애틋한지. 공항버스에 몸을 싣고 '처음이자 마지막'이라는 말을 곱씹는 길은 늘 아득하고 멀다.

오늘을 차분히 들여다봐요

그나저나
당신은 무엇을 좋아하세요?

바닥에서 본 것들

지난여름엔 엄마와 함께 제주 동쪽에서 보름을 지냈다. 섬에서 열흘을 넘겨 사는 일은 처음이었다. 바다를 좋아해 매일 몇 번이고 해변을 걸었다. 바닷물과 모래알이 전부라 여겼던 해변엔 생각보다 눈길을 사로잡는 것들이 많았다. 물에 쓸려온 해초나 조개껍질, 반쯤 허물어진 모래성, 작은 주인이 흘리고 간 모래놀이 장난감 앞에서는 자주 걸음을 멈췄다.

자연스레 바닥을 보며 걷는 일이 잦았다. 서울에선 늘 바삐 걸었고, 넘어지지 않기 위해 앞만 봤다. 고개를 두리번거리며 천천히 걸음을 떼는 건 제주에 오고나서 생긴 습관이었다. 동네를 산책할 때, 숲길을 걸을 때도 자연스레 바닥을 살폈다. 담장 아래 핀 귀여운 들꽃이나 마당 뒤로 떨어진 청귤을 발견하면 몸을 숙여 쪼그리고 앉아 그것을 바라봤다. 산속에 난 길을 따라 걸을 땐 땅을 뚫고 나온 나무뿌리의 생김새를 관찰했다. 며칠이 지나 열어 본 휴대폰 사진 앨범엔 '바닥에서 본 것들'의 사진이 가득했다.

제주에 머무는 동안 사흘에 한 번씩 장을 봤다. 엄마는 매번 빼놓지 않고 귤을 샀다. 집에 돌아와 거실에 놓인 소쿠리에 귤을 쏟아 놓을 땐 마음이 든든하다고 했다. 소쿠리는 금방 동이 났다. 대부분의 귤은 엄마의 몫이었다. 엄마가 귤을 권

오늘을 차분히 들여다봐요

하면 "괜찮아"라고 손사래를 쳤다. 생각해보니 몇 해째 귤을 통 입에 대지 않았다. 꼬마이던 시절엔 소문난 귤 귀신이었다. 앉은자리에서 귤을 얼마나 많이 까먹었는지 온몸이 샛노래졌다는 얘기는 가족에게 전설처럼 전해 내렸다. 겨울마다 내 무릎 앞에 귤 소쿠리를 통째로 내어주시는 할머니가 떠올랐다. "하림이 귤 좋아하지?" 더는 몸이 노래질 만큼 귤을 좋아하지 않지만, "이제 귤을 좋아하지 않아요"라고 말한 적은 없었다. 그 사실보다 더 중요한 마음이 소쿠리 안에 있었다. 오랜 시간 좋아하던 것이 한순간 시큰둥해지면 어쩐지 조금 쓸쓸한 기분이 든다. 하지만 마음의 울타리를 벗어난 것들을 제자리에 억지로 돌려놓지는 않는다. 애정의 대상이 변화하는 일을 그저 자연스럽고 솔직한 과정이라 여긴다. 대신 예기치 못한 곳에서 몸을 숙여 살피고, 걸음을 멈춘 채 바라본 것들을 마음의 빈자리에 채워 넣는다. 어떤 식으로든 마음 한 쪽에 '좋아하는 것들'을 위한 자리를 마련해둔다. 그 자리를 한 뼘씩 늘려가는 일은 내게 큰 기쁨이고 즐거움이다.

'바닥에서 본 것들'의 사진을 살피다 쓴 일기엔 '좋아하는 것이 많을수록 행복해진다'는 말이 적혀 있다. 행복이라 불리는 것에 가까워지는 방법은 어쩌면 아주 단순할지도 모르겠다.

그나저나
당신은 무엇을 좋아하세요?

필요한 만큼의
행복을 찾기 위해

잠시 생각에 잠겨

오늘을 차분히
들여다봐요

이 온기가 바로
사랑일지도 몰라요

어른이 되는 순간

우리는 언제 어른이 될까. 스무 살이 되던 해에도, 퇴근길 버스 안에서도, 부모로부터 독립해 스스로 밥을 지어 먹을 때도 '나 제법 어른 같네.' 생각했다. 성인이 된 후 내가 어른이란 사실을 한 번도 의심해 본 적이 없지만, '어른'이라는 말을 내뱉을 땐 어쩐지 자신이 없었다. 어린 시절에 주저 없이 어른이라고 부르던 사람들, 그 사람들의 나이를 훌쩍 지나고도 자꾸 되묻는다. '내가 진짜 어른이 된 걸까?'

아이를 낳아야 어른이 된다는 말을 좋아하지 않았다. 아이를 낳기 전에는, 부모가 된 이들이 양쪽으로 편을 나누어 그들만이 성숙한 세계에 속해있다고 여기는 게 미덥지 못했다. 그렇게 해서 어른이 되는 거라면, 삶의 깨달음에 깎이거나 닳지 않고 영영 철없는 편이 나을 것 같았다. 아이를 낳고는 마음이 더 복잡해졌다. 작은 인간의 눈에 비친 모습이 어른 같기를 바라면서도, 아이 앞에서 야단스럽고 성급해질 땐 내 안에 자라지 않은 아이를 발견한다. 아이를 야단친 날엔 '조금 더 어른답게 타이를걸.' 후회하며 어두운 밤을 보낸다. 가족의 형태나 삶의 방식을 떠나 의심 없이 어른이라 부르는 사람들이 있지만, 나도 그들처럼 어른이라 불릴 땐 마음 한 구석이 편치 않다.

이 온기가 바로 사랑일지도 몰라요

이담이와 도담이가 장난감을 두고 다툰 날이었다. 아이들은 억울함, 속상함, 질투, 미움과 분노의 감정을 아직 선명히 구분하지 못한다. 모든 감정을 대신하는 건 울음이다. 그때마다 감정에 이름을 달고 보이지 않는 마음의 모습을 눈에 보이는 언어로 말해주어야 한다. 세상을 고작 두 해밖에 겪지 않은 아이들을 바라보며 천천히 이야기한다. 긴말 속에서 아이들이 깨달을지, 배울지, 아무 소용이 없을지 모를 일이지만 의심하지 않고 말을 잇는다. 그러다 어느 날 "마음을 가라앉히는 중이에요. 기다려 주세요.", "괜찮아요. 실수하면서 배우는 거예요."라는 말을 되돌려 받을 때, 그때는 나도 잠시 어른이 된 것 같다. 스스로를 믿지 못하는 어른이라도 누군가에게는 좋은 어른이 되고 싶어진다.

그나저나
당신은 무엇을 좋아하세요?

한 글자

남편의 생일 때쯤이었을 거다. 생일 선물은 늘 몰래 준비하
곤 했지만 결혼 후 처음 맞는 생일이었기에 꼭 필요한 물건
을 선물하고 싶었다. 갖고 싶은 게 있냐고 물으니 한참의 정
적이 이어졌다. 정적 사이에 "음…"이라는 말이 몇 번이나 반
복돼서 대답을 기다리지 못하고 봄옷이나 신발 같은 건 어떠
냐고 물었다. 그런 건 필요 없다는 대답 끝에 남편은 '생각났
어! 갖고 싶은 게 있는데, 한 글자야'라는 수수께끼 같은 말
만을 덧붙였다. '집'이나 '차' 같은 단어가 먼저 떠올랐고, 아
니라는 대답을 듣고 나니 이어서 떠오른 '밥, 돈, 책' 같은 단
어에도 확신이 없었다. '산, 별, 꿈, 글, 춤, 힘' 같은 건 생일
선물로 적절하지 않았다.

그러고 보니 살아가며 중요히 여기는 것들은 모두 한 글자였
다. 이후에 다른 이야기로 넘어갔는지, 다른 선물을 골랐는
지는 기억이 나지 않는다. 며칠이 지나서야 정답을 풀지 못
한 수수께끼가 생각났고, 남편에게 대답을 들을 수 있었다.

퇴근 후에 현관문을 열고 들어오는 남편의 얼굴이 밝다. 대
충 손만 씻고 옷은 그대로인 채 두 딸을 안고 "우리 딸 사랑
해"라고 말할 때마다 오래된 수수께끼를 떠올린다. 몇 해 전
에는 정답을 맞히지 못했지만 이제는 안다. 남편이 가장 갖

이 온기가 바로 사랑일지도 몰라요

고 싶던 한 글자의 선물이 지금은 남편의 양 팔에 안겨있다. 네 식구가 된 후로는 예전처럼 서로의 생일을 거창하게 기념하지 못한다. 작은 꽃다발이나 포옹, 평소보다 조금 더 큰 마음을 써야 하는 비싼 저녁 메뉴 정도로 기념일을 보낸다. 아이들로 인해 삶이 분주해진 탓도 있지만, 더는 어떤 선물도 바라지 않기 때문이다.

그나저나
당신은 무엇을 좋아하세요?

가까이서 본 낯선 이름

아이들과 매일 산책을 한다. 모처럼 선선해진 날씨나 동네
의 풍경에 대해 느긋한 이야기를 나누고 싶지만, 말 문을 뗄
때 아이들은 이미 멀리 앞서 있다. 작은 등을 쫓아 길을 걸으
면 어느새 쪼그려 앉아 바닥을 살피는 아이들이 보인다. 개
미나 작은 돌멩이, 어디서 왔는지 모를 무른 열매를 가리키
는 작은 손가락 옆으로 나도 따라 앉는다. "아기 개미가 길을
잃었나 봐, 어쩌지?" 등을 구부리고 길을 헤매는 개미를 살피
는 게 얼마 만일까. 한때는 종일 이런 것들을 바라봤다. 얼마
전엔 잠자리를 잡으려다 실패했다. 아이들에게 보여주고 싶
어 용기 낸 일이었는데, 손을 뻗을수록 가슴이 뛰었다. 용감
한 어른인 척하지만, 사실 해가 지도록 뒷산에서 곤충을 잡
던 어린 시절보다 훨씬 많은 두려움을 안고 산다.

"우리가 도와주자!" 개미가 신발을 타고 오를까 봐 자세를 고
쳐 앉는데, 옆에서 작은 목소리가 들려온다. 도움이 될 것 같
지 않은 구멍 난 잎사귀나 가는 나뭇가지를 가져오는 동안
개미는 사라지고 없다. 다시 산책을 이어가고 또 몇 번씩 쪼
그려 앉아 작은 것들을 골똘히 살핀다.

얼마 전엔 아이들이 가로수 아래서 작고 까만 열매를 발견했
다. 열매의 이름을 묻기에 자세히 살폈지만, 모르는 식물이

이 온기가 바로 사랑일지도 몰라요

었다. 등을 구부려 냄새를 맡고 한참을 만지작거리다 인터넷의 힘을 빌려 '맥문동'이라는 이름을 찾아냈다. 아이들에게 열매의 이름을 알려줄 때, 길가에서 뭔가를 유심히 들여다본 일이 오랜만이라는 사실을 깨달았다. 아이들과 나란히 쪼그려 앉아 '맥문동'이라고 소리 내 말해봤다. 여전히 가까이서 보지 못한 낯선 이름이 있다.

눈에 보이는 사랑

결혼식을 올리던 날의 일이다. 식장에서 촬영을 담당하는 작가님께 '신랑 신부 퇴장 시 뽀뽀는 하지 않을게요(좋은 건 몰래!)'라고 메모를 적어 건넸다. 수많은 하객의 시선 앞이라 쑥스럽기도 했지만, 귀한 순간은 비밀스러워야 한다고 믿기 때문이다. 어색하고 소란한 분위기 속에 사랑하는 이와 입을 맞추는 얼굴의 모양새가 우습지 않고, 둘만 아는 순간의 느낌을 소중히 여기고 싶은 유별난 마음이었다. 누군가에게 내 마음의 크기를 설명할 때도 마찬가지다. '사랑해'라는 말로 얼마나 많이, 뜨겁게 사랑하고 있는지 이야기하는 순간들을 얼마나 아껴왔는지. 특별한 날, 특별한 마음을 담아야만 '사랑해'라고 말할 수 있던 많은 날을 지나왔다.

매일 밤, 잠이 들 무렵 "엄마 사랑해요"라고 말하는 작은 목소리를 듣는다. 손을 잡고 길을 걷다가, 티셔츠에 팔을 끼우다가, 밥이 가득 찬 채로 입을 오물거리다가도 자주 듣는 말이다. 이담이와 도담이에게 사랑이란 말은 좀처럼 묵직하지 않고 비밀스럽지도 않다. 불쑥 떠오를 때마다 내뱉고, 그것도 모자라면 팔을 벌리고 달려와 눈과 몸으로 사랑을 말한다. 그때마다 '사랑해'라고 대답하며 더 이상 아끼지 않는 말에 관해 생각한다. 아이들을 만난 지 두 해, 이담이와 도담이

이 온기가 바로 사랑일지도 몰라요

가 사랑이라는 단어를 배운 시간. 그사이에 우리가 주고받은 사랑의 크기는 얼만큼일까. 그 크기를 가늠할 수 없어서 '사랑해'라는 말을 빌린다.

아이들과 나란히 누워 잠을 청하는 밤. 어두운 방 안에 보이는 건 커튼 사이로 드는 희미한 달빛이나 천장에 붙여둔 별 모양 야광 스티커뿐이다. 아이들을 재운 뒤 할 일이 많이 남아있기에 함께 잠들지 않으려 그런 것들을 선명히 보기 위해 애쓴다. 하지만 그럴수록 소리나 촉감만이 더욱 선명해진다. 어느 순간, 잠이 든 줄 알았던 이담이가 "엄마 사랑해요"라고 말하면 도담이가 작고 따뜻한 입술을 더듬더듬 내 뺨에 맞댄다. 언젠가 아이들이 훌쩍 자라 나란히 머리를 맞대고 함께 누워 잠들지 않을 때도, 이런 순간을 기억하고 싶다.

그나저나
당신은 무엇을 좋아하세요?

고요히 바라보는 시간

집에 놓은 화분은 한동안 백섬 선인장뿐이었다. 선물 받거나 호기심에 사들인 식물이 몇 개 더 있었지만 기대보다 빨리 시들어 이른 작별을 해야만 했다. 식물의 죽음은 소란하지 않았다. 잎사귀가 눈을 감거나 줄기 속에 뛰던 심장이 멈추는 식으로 생명의 끝을 실감했다면 더는 식물을 키울 수 없었을 거다. 그저 생기를 잃고 색이 바래는 정도로 생을 마쳤기에 잠시의 슬픔은 금방 잊혔다.

식물의 초록빛을 곁에 두고 싶지만 늘어가는 빈 화분을 더는 두고 볼 수 없을 때, 선인장이 떠올랐다. 마음 쓰지 않아도 제 속도로 자라는 까다롭지 않은 식물. 삼 개월에 한 번씩 흠뻑 물을 주는 것만으로 생명을 돌보는 기분을 느낄 수 있어 좋았다. 돌보기보다는 바라보기에 가까웠다. 백섬 선인장은 바람에 흔들릴 꽃도 잎도 없이 매일 같은 모습이었다. 그럼에도 초록 줄기를 쓰다듬거나 굵은 가시에 손을 대보며 생명을 느꼈고, 대부분의 시간은 그저 조용히 바라보았다.

가까운 이들의 집에도 크고 작은 화분이 있다. 어떤 식물이든 솜씨 좋게 키워내는 할머니의 베란다 한쪽, 식물에 이름을 붙이고 틈틈이 들여다보는 친구의 사무실 창가를 떠올려봤다. 모두가 식물을 기르는 일에 시간을 들이고 그 정성은

이 온기가 바로 사랑일지도 몰라요

눈에 보인다. 볕이 잘 드는 자리를 찾아 화분을 옮기고, 흙이 마른 지 살피고, 물을 주고 잎을 다듬는 일들은 늘 분주하다. 반대로 식물이 건네는 위안과 평온의 순간은 고요히, 눈에 띄지 않게 전해진다.

대가를 바라지 않고 정성을 쏟는 일은 흔치 않다. 어떤 일에 지나친 바램이나 욕심이 담길 때면, 가만히 놓여 조용히 자라던 백섬 선인장을 떠올린다. 기대나 욕심 없이 그 모습을 바라볼 땐, 마음의 소란이 잦아들었다.

그나저나
당신은 무엇을 좋아하세요?

이루지 못한 꿈

혜민을 처음 만난 건 입시 미술 학원에서였다. 서로 다른 고등학교에 다니고 있었기에 일주일에 서너 번 학원에서 만날 뿐이었고, 이십 대에 들어서는 서로 멀리 살게 되어 얼굴 볼일이 귀했다. 몸과 마음이 분주한 시절엔 한동안 연락하지 않고 지내며 뜸하게 안부를 주고받았다. 자연스레 멀어지거나 잊힐 수도 있었지만, 문득 혜민의 얼굴이 떠오를 때면 그녀 또한 어김없이 다정한 인사로 내 안부를 물어주었다. 만나서 쌓은 추억들이 있지만, 만나지 않을 때도 그리워함으로더 가까워졌다.

한때는 혜민과 홍대 앞에 작업실을 차리는 꿈을 꾸었다. 왜홍대 앞이었는지, 왜 작업실이었는지는 생각나지 않지만 '언젠가'라는 말로 무엇이든 꿈꿀 수 있던 시절에 홍대 앞 작업실은 우리 눈에 가장 근사해 보이는 미래였던 것 같다. 이후에 저마다 다른 꿈이 생기고 또 사라지는 동안에도 가끔 혜민과 함께 그리던 꿈을 떠올렸다. 이루기 위해 굳이 온 힘을다하지 않고, 멀리 달아나더라도 아쉽지 않은 꿈이었다.

혜민을 다시 만난 건 몇 년 만이었다. 두 아이의 엄마가 된우리의 모습은 전과는 조금 다를까. "우리 홍대 앞에 작업실차리기로 했었잖아." 혜민과 이루지 못한 꿈을 이야기할 때

이 온기가 바로 사랑일지도 몰라요

그나저나
당신은 무엇을 좋아하세요?

우리가 여전히 그대로고, 그대로여도 될 것 같은 기분이 들
어 몰래 기뻤다.

여전히 뭐든 궁금하고 먼 미래를 상상하는 일은 언제쯤 그만
두게 되는 걸까. '언젠가'라는 말이 더는 소용없다는 것을 알
지만, 더 오랜 뒤에도 혜민과 마주 보고 앉아 터무니없이 멋
진 꿈에 관해 이야기하고 싶다.

이 온기가 바로 사랑일지도 몰라요

측은한 마음

아이들에게 넉넉한 사랑을 주고 있는 걸까, 의심스러울 때가 있다. 소중한 존재를 다룰 땐 '사랑'이라는 말을 자주 붙들게 된다. 아이가 유난히 고집을 피우던 날이었다. 쉽지 않지만, 매번 화가 나는 마음을 내색하지 않고 아이가 스스로 진정하기를 기다린다. 떼쓰고 울던 아이도 어느 순간 어수룩한 말로 자신의 마음을 설명하려 애쓴다. 거대한 소란이 지나간 자리엔 측은한 마음만 남는다. 눈물 맺힌 빨간 눈을 가만히 바라보다가 한 장면이 떠올랐다.

중학교 때, 같은 반 남자애가 나를 좋아한다는 소문이 돌았다. 엉뚱하고 짓궂었지만, 성적은 늘 바닥이었고 책상에 엎드려 있는 시간이 길던 친구였다. 말을 자주 더듬는 일로 짓궂은 남자애들은 놀려댔고, 조숙한 여자애들은 안쓰러워했다. 어떤 애가 누군가를 좋아한다느니 어떤 애들은 사귄다느니 하는 소문들은 중학생들 사이에 가장 재미난 얘깃거리였지만, 나는 부끄러움이 많은 편이라 친구들이 옆구리를 찔러가며 그 남자애를 가리킬 때도 늘 모른 척했다.

어느 날, 수업을 다 마쳤을 때 담임 선생님이 교무실로 나를 불러냈다. 집 전화번호가 적힌 쪽지를 손에 쥐어주며 선생님은 그 애에 관한 이야기를 했다. 그 애의 아빠와 엄마가 자주

그나저나
당신은 무엇을 좋아하세요?

다투고 사이가 좋지 않아 친구는 불안할 거라고, 네가 전화를 걸어 사소한 안부를 묻거나 숙제를 챙겨주면 좋겠다는 부탁이었다. 쪽지를 만지작거리며 집으로 돌아오는 동안 그 애의 얼굴에 비치던 그늘이나 어둠을 떠올렸다. 얼핏 슬픈 마음이 들었던 것 같은데, 그보다는 전화를 걸어 어떤 말을 해야 할지 떨리고 막막하기만 했다. 해가 지도록 엄마 화장대에 놓인 전화기 앞에 앉아 있었고, 전화는 걸지 못했다.

선생님과 나눈 이야기는 비밀에 부치기로 했지만 무거운 감정에 이름을 붙일 수도, 이름 모를 감정을 혼자 달래기도 어려워 다음 날 단짝 친구에게만 털어놓았다. 이야기하다가 눈물이 나올 때 그 감정의 이름이 '죄책감'이라는 것을 알았다. 이후로 어떤 일도 일어나지 않았고 졸업한 후에는 그 친구의 소식을 들을 수 없었다.

긴 시간이 흘렀다. 열두 살, 교무실에서 그 애의 비밀스러운 사정을 알게 되었을 때와 어른이 되고 그 친구를 떠올렸을 때의 마음은 조금 다르다. 같은 반 친구로부터 걸려 온 전화, 어색하지만 상냥하게 살피는 안부로 그 친구는 조금이나마 달라졌을까. 엄마의 마음이 되어 책상에 엎드린 그 애의 등을 토닥여 보지만 소용없는 일이다.

이 온기가 바로 사랑일지도 몰라요

가끔 곁에 있는 사람들이 측은하다. 아빠의 뒷모습이나 엄마의 흰머리를 바라보는 마음이 전과 같지 않고, 늦은 퇴근 후에 잠이 든 남편의 모습을 아무렇지 않게 지나칠 수 없다. 돌보고 지켜주고 싶은 마음. 누군가를 점점 더 사랑하게 되면서 배운 감정이다.

그나저나
당신은 무엇을 좋아하세요?

대답하지 않은 날들

이담이가 태어난 지 6개월 무렵, 울면서 깨는 새벽이 잦았다. 앉고 서기를 반복하며 달래도 소용이 없었다. 고요한 시간에 그칠 줄 모르는 아기의 울음소리는 당혹스럽고, 울음의 이유를 알 길 없는 초보 부모의 마음은 타들어 갔다. 어디가 불편한지, 아픈지 묻지만 대답을 바란 질문은 아니었다. 이담이는 아직 말하지 못하는 아기다. 울음이 잦아든 건 이담이를 안고 '작은 별' 노래를 불렀을 때다. 창문 너머로 보이는 캄캄한 어둠, 어둠 속에서 별처럼 빛나는 불빛들을 바라볼 때 이담이는 잠깐 우는 일을 잊는 것 같았다. "반짝반짝 작은 별 아름답게 비치네." 창문 앞에서 작은 소리로 노래를 부르다 보면 아이는 불편일지 아픔일지 모를 울음의 이유를 더는 알리려 하지 않고, 편안한 얼굴로 잠이 들었다. 창문 너머의 밤을 함께 바라보는 날이 몇 번 더 반복됐다. 그 사이 울음의 이유가 '이앓이'라는 것을 알았다. 얼마 지나서는 아랫니 두 개가 연분홍색 잇몸을 뚫고 삐죽 나와 있었고, 아이는 한동안 자다 깨지 않았다. '작은 별' 노래를 떠올린 건 그로부터 몇 달이 지난 뒤였다. 아이들이 즐겨 듣는 동요는 다양했기에 묘하게 잠이 오는 류의 '작은 별' 같은 노래는 일부러 부를 일이 없었다. 이담이의 번듯한 아랫니를 보다가 모처럼

이 온기가 바로 사랑일지도 몰라요

그 노래를 부르던 밤들이 떠올랐고, '작은 별'의 가사를 흥얼거렸다. 아이의 울음을 멈추게 하거나, 반대로 웃게 하려는 노래도 아니었지만 이담이는 빤히 내 얼굴을 바라봤다. 그런 뒤 창가로 기어가 창문에 바짝 코를 붙였다. 울며 깨던 새벽, 노래를 불러줄 때마다 보던 모습이었다. 우리 둘만 아는 빛나는 밤을 이담이가 기억해 주어 기뻤다. "이담아, 기억하는구나!" 이담이는 이번에도 대꾸하지 않고, 나는 이담이의 몫만큼 많은 말들을 했다.

말이 없는 세상을 살아갈 수 있을까. 하루에도 수없이 많은 말을 뱉고, 말을 알게 된 이상 말없이 원하는 바를 설명하기 어렵다. 누군가 건넨 말에는 성실히 답한다. 말로 전한 물음에 의미 없는 소리나 울음으로 답하는 건 삶의 짧은 시절, 한때뿐인 일이다. 말이라는 유용한 도구를 포기하는 일은 없겠지만 가끔 상상해 본다. 듣고, 짐작하고, 이해하지만 대답하지 않은 날들을. 그러다 보면 귀에 닿는 소리가 선명해지고, 어떤 말들은 장면처럼 남는다.

기쁨에 찬 얼굴

친정에 갔다가 오래된 앨범을 구경했다. 내 어린 시절 얼굴이 담긴 사진 사이로 어설프게 끄적인 그림 한 장이 있었다. 낙서처럼 보이지만, 종이 위에 내가 처음 그려낸 가족의 모습이라 아빠가 기념하여 간직한 것이다. 삐뚤어진 선으로 아빠의 짧은 머리칼과 엄마의 둥근 얼굴을 그려냈을 때, 아빠는 기뻐했을까? 엄마는 나를 꼭 껴안았을까? 그런 순간들은 기억나지 않지만, 도담이가 처음 내 눈을 맞추고 '엄마'라고 말했을 때나 이담이가 스스로 블록을 높이 쌓아 올렸을 때 기쁨에 차던 내 모습을 떠올리면 오래전 서툰 그림을 바라봤을 엄마 아빠의 모습도 어렴풋이 그려진다.

아이들은 이 시절을 기억할 수 있을까. 온 세상이 새롭고, 매일 스스로 해내며 자라는 기분을 먼 훗날 다시 떠올릴 수 있을까. 모험을 겪는 건 아이들이지만, 작은 인간의 성장을 지켜보며 감동하고 호들갑 떠는 쪽은 늘 어른들이다. 아쉽지만, 이담이와 도담이는 오늘을 기억하지 못할 거다. 시간이 흘러 낡은 앨범에 붙은 사진이나 색이 바랜 그림으로만 어린 시절을 상상해 볼 것이다. 운이 좋으면 무언가를 해냈던 기억을 떠올릴 수 있겠지만 시답잖게 느껴질 것이다. 그럴 때도 자신을 향하던 놀라운 눈빛만큼은 희미하게 기억해 내면

이 온기가 바로 사랑일지도 몰라요

좋겠다. 스스로 숟가락질을 하거나 엄마의 옷깃을 잡지 않고 제 발로 계단을 오르는 사소한 일만으로도 기쁨에 가득 차 바라보는 얼굴, 용기가 필요할 때마다 그 얼굴을 떠올려주면 좋겠다.

그나저나
당신은 무엇을 좋아하세요?

작지만 분명한 슬픔

한밤중, 도담이가 잠꼬대를 한 적이 있다. 자던 중 곁에서 작은 비명이 들린 밤이었다. 돌아보니 도담이가 뒤척이며 웅얼거리고 있었다. 잠꼬대라 여기며 등을 토닥였고, 아침이 되자마자 아이에게 물었다. "도담아, 혹시 어젯밤에 무서운 꿈을 꿨어?" 아기도 잠꼬대할 수 있다는 사실을 모를 때였고, 아이가 '꿈'이라는 걸 정확히 알 거란 확신도 없었다. 넌지시 건넨 물음에 도담이는 주저 없이 그렇다고 답했다. "앵무새 옷을 잃어버려서 슬펐어요." 작은 앵무새 피규어는 도담이가 요즘 가장 아끼는 장난감이다. 종일 손에 쥐고 다니며 모이 먹는 시늉도 하고, 관절 인형의 근사한 옷에 앵무새 날개를 끼워 넣거나 폼 나는 부츠를 신기기도 한다. 드레스를 차려입은 앵무새의 모습이 우습지만 아이의 작은 손끝은 매번 진지하다. 도담이가 몰두하며 앵무새를 치장할 때, 주름이 지는 미간을 훔쳐보는 일이 좋다. 잠들기 전까지 앵무새 피규어를 만지작거리더니 그 일이 꿈으로 이어진 모양이었다. "정말? 너무 슬펐겠다." 허공에 팔을 휘저을 만큼의 악몽이 사소한 내용이라는 점에 웃음이 났지만 참았다. 도담이가 겪어온 생의 경험으로서는 결코 사소하지 않은 슬픔일 거다. 아이는 앵무새의 옷을 매만질 때처럼 미간에 주름을 접으며,

이 온기가 바로 사랑일지도 몰라요

꿈에서 잃어버린 옷을 찾아 방으로 향했다.

아이들은 요즘 새로운 슬픔에 빠져있다. 새해부터 어린이집에 가야 해서 종종 그곳의 생활에 관해 이야기하는데, 끝은 늘 울음이다. "엄마가 없는 곳은 싫어요!" 품에 안겨 짧게 울고 나면 또 아무렇지 않은 얼굴이 되지만 넌지시 이야기를 꺼내는 시늉만으로도 아이들은 다시 울상이 된다. 반나절의 헤어짐이 삶을 뒤흔들 만큼의 슬픔은 아니라는 걸 나도 자라면서 알게 됐을 거다. 엄마가 없는 곳에서도 슬프지 않기까지 많은 날을 지나고, 더 이상 울지 않게 됐을 때는 엄마와의 헤어짐이 사소한 슬픔으로 느껴졌을 거다. 휘몰아치는 슬픔도 오랜 뒤엔 고요한 마음으로 떠올릴 수 있다. 하찮은 감정이어서가 아니라, '지나왔다'는 사실 때문일 거다. 이담이와 도담이가 겪게 될 수많은 슬픔 앞에서 '그건 슬픈 일이 아니야'라고 말하는 대신 그 감정을 똑똑히 '슬픔'이라 부르며 위로하고 싶다. 작은 등을 토닥이다 보면 눈치채지 못한 사이, 슬픔과 멀어질 수 있을 거다.

그나저나
당신은 무엇을 좋아하세요?

시간이 준 아름다움

손 마디가 굵어진 날을 기억한다. 결혼 후 몇 번의 집들이를 치르고 손이 얼얼하게 느껴진 아침이었다. 결혼과 함께 독립했기에 음식을 만들고 치우는 일을 온전히 해내는 경험은 처음이었다. 자판을 두드리거나 무언가를 쓰고 그리는 일로 단련한 근육이 있지만, 익숙지 않은 일을 할 때는 몸의 많은 부분이 평소에 쓰이지 않는다는 사실을 깨닫는다. 집들이 후에는 손에서 드물게 쓰이는 근육의 위치를 찾을 수 있었다. "나 손가락이 두꺼워진 거 있지." 손 마디를 만지작거리며 남편에게, 엄마에게, 친구에게 이야기했다. 대단한 일을 겪은 듯 부어오른 손가락이 훈장처럼 느껴졌다. 욱신거리는 통증은 금세 사라졌고, 한 번 쓰기 시작한 근육은 계속 쓸모가 있었기에 예전처럼 손이 붓는 일은 없었다. 그럼에도 어느 날 손에 느껴졌던 얼얼한 감각을 기억하며, 곱지는 않지만 꽤 야무진 모양새가 된 손을 자주 들여다보았다. 그즈음, 아이가 있는 친구를 만났다. 친구가 엄마가 된 지 일 년 만이었다. 아이로 인해 달라진 삶에 관해 말하며, 친구는 팔 언저리를 짚었다. "아기를 계속 안다 보니까 팔뚝이 두꺼워져." 내게도 두꺼워진 손가락이 있었지만 친구가 겪은 몸의 변화는 그보다 훨씬 대단한 것이었다. 이야기를 이어가면서도 친구의 팔

이 온기가 바로 사랑일지도 몰라요

을 몇 번씩 훔쳐보았다. "예쁘기만 해." 진심을 담아 말하며, 아름다운 변화를 친구도 아름답다고 여기기를 바랐다.

이제 아저씨가 다 된 것 같다는 남편의 말로 오랜 기억을 꺼내봤다. 스마트폰 속의 대학 시절 사진과 자신의 몸을 번갈아 보는 남편의 표정이 서글프다. 이십 대 초에 남편을 만나 십오 년이 흘렀다. 몸은 서서히 변화하기에 어제와 오늘의 차이는 알아챌 수 없지만, 십오 년을 거스르면 꽤 낯선 얼굴과 마주하게 된다. 몸의 어딘가엔 살이 붙었고, 얼굴의 어떤 부분은 생기가 줄었다. "아냐, 그대로야"라고 말하기엔 지나온 시간이 결코 짧지 않다. 그럼에도 변화된 모습이 못나지 않고, 자연스럽고 당연하게 느껴진다. 체형이나 활력만이 아름다움을 판단하는 기준은 아닐 것이다. 남편의 인상은 이십 대보다 더 편안하고 눈빛은 더 성숙하다. 나이 들며 잃어버린 것들이 있지만, 오래전엔 애써도 가질 수 없던 것들을 자연스레 얻기도 한다. 그날 밤 오랜만에 유심히 거울을 보며, 시간이 선물해 준 얼굴을 천천히 헤아려 보았다.

그나저나
당신은 무엇을 좋아하세요?

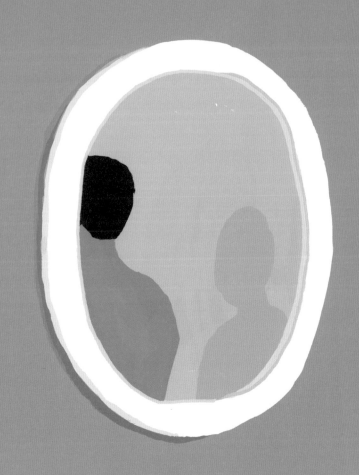

자유를 배우는 삶

엄마와 단둘이 다낭 여행을 했다. 아이들이 돌 무렵이던 여름, 남편과 시부모님의 도움으로 떠난 휴가였다. 공항에 도착해야 할 시간은 이른 아침이었고, 하늘은 아직 어두웠다. 밖으로 나오자 해방감과 불안감이 동시에 밀려왔다. 일 년간 아이들과 떨어져 본 적이 없었다. 곁에 아이들이 없다는 사실은 나를 자유롭게도, 마음 쓰이게도 한다. 어떤 표정을 지어야 할지 모른 채로 횡단보도 앞에 섰다. 임신으로 배가 무거웠을 때 이 횡단보도 앞에 가만히 서서 깜빡이는 초록불을 바라본 적이 있다. 그때 내가 숨이 차게 뛰고 싶다는 사실을 알았다. 평소엔 초록불이 깜빡일 때, 일부러 느린 걸음으로 횡단보도를 향해 걸었다. 뛰는 일에 흥미도 없고, 굳이 땀을 내거나 숨을 몰아쉬고 싶지도 않아서였다. 그러다 몸이 변하고 뛸 수 없게 되자, 주저 없이 달리는 일이 그리워진 것이다. 신호등이 초록불로 바뀌고, 할 수 있는 한 빠르게 달렸다. 캐리어 가방의 바퀴가 요란한 소리를 낼 때는 온전한 해방감이 느껴졌다.

다낭에서 지낸 숙소는 정원이 있는 리조트였다. 낯선 모양의 식물들로 둘러싸인 집을 천천히 둘러보았다. 예약할 때 사진으로 꼼꼼히 살펴본 곳이었기에 이미 와본 듯 익숙했다. "샤

이 온기가 바로 사랑일지도 몰라요

위는 밖에서 하는 건가?" 엄마의 목소리에 고개를 돌릴 때 알았다. 미처 확인하지 못한 공간이 있었다는 사실을. 집 안엔 세면대와 변기가 놓인 번듯한 욕실이 있었지만, 샤워기만은 욕실 바깥에 있었다. 자세히 말하자면 집 밖이었다. 외부의 시선이 닿을 수 없는 담장이 있었지만, 그 앞으로 키가 큰 연둣빛 식물이 빼곡해서 마치 열대 우림 한복판에 놓인 샤워장처럼 보였다. 그날 오후, 옷을 벗고 샤워하는 기분이 낯설었다. 살에 스치는 더운 공기의 촉감과 흔들리는 잎사귀 소리는 평소 샤워할 때는 체험할 수 없는 감각이었다. 고개를 드니 노을 지는 하늘이 보였다. 주위를 살피며 대충 샤워를 마치고 방으로 돌아와 "엄마, 이상하게 무섭고 부끄러워"라고 말했다. 둘째 날 밤엔 깜깜한 어둠 속에 작은 조명을 켜고 샤워를 했다. 전보다 주위를 살피는 횟수는 줄었지만, 수풀 틈에서 나를 노려볼 법한 동물의 눈 같은 것을 상상하다가 급히 수건으로 몸을 감싸고 들어왔다. 여행지의 계절은 뜨거웠고, 하루에도 여러 번 샤워를 해야 했지만 내키지 않았다. 어른이 된 후 대부분의 일상은 같은 모습으로 반복됐기에, 이렇게 낯설고 두려운 일 앞에선 어떻게 마음먹어야 하는지 기억이 나지 않았다. 그러다 문득 아이들의 얼굴이 떠올랐다.

그나저나
당신은 무엇을 좋아하세요?

이담이와 도담이라면 여길 좋아했을 거다. 길고 커다란 잎사귀의 모양을 살피며 '우와!'라고 외치고 가까이 다가가는 일도 서슴지 않았을 거다. 고개를 들어 구름을 보다가, 둥근 돌멩이를 이어 붙인 타일에 발바닥을 문지르다가 샤워하는 중이라는 사실도 까맣게 잊을 거다. 피부에 닿는 뜨거운 바람과 샤워기에서 흩어지는 차가운 물의 감촉을 온몸으로 느끼며 부끄러움도, 두려움도 모르고.

셋째 날엔 아이들을 떠올리며 전보다 조금 더 샤워에 집중했다. 며칠간 불편한 감정에 휩싸여 있던 마음이 편안해지자 언뜻 자유로운 기분이 들었다. 이번 여행은 아이들을 생각하지 않기로 결심한 여행이었다. 그간 온 마음과 시간을 아이들에게 쏟았고 그런 일상은 '자유'라는 단어와는 멀었다. 자유로운 삶. 더는 그런 삶을 살 수 없다고 생각할 때마다 깜빡이는 초록불을 보며 숨이 차게 뛰고 싶은 기분이 들었다. 여행에서 충분한 해방감을 만끽하면, 돌아가서는 자유를 욕심내지 않을 수 있을 거다.

결심과는 달리 여행 중 많은 순간에 아이들을 생각했다. '이담이와 도담이라면 어땠을까?' 부끄럽거나 겁이 날 때, 아이들의 마음을 빌리면 용감해졌다. 어렵게 용기 낸 순간 뒤에는 자유를 느꼈다. 여행을 마치고 아이들이 기다리는 집으로 향할 때, 전과는 다른 마음으로 '자유'라는 단어를 떠올렸다. 자유로운 삶이 아닌 자유를 배우는 삶. 아이들에게 자유를 배우는 삶 속에서는 더 거대한 자유를 꿈꿀 수도 있을 거다.

그나저나
당신은 무엇을 좋아하세요?

채워질 공간

아이들이 잠든 밤, 어질러진 집을 정리한다. 늦은 밤이라 곧 잠에 들어야 하기에 서두를 법도 하지만 천천히, 할 수 있는 한 느긋하게 군다. 하루 중 소리가 없는 유일한 시간이기에 다른 소리를 보태지 않고 조용히 하루치의 흔적을 정리한다. 쉬엄쉬엄 게으른 시간을 누리다가 어떤 장면이 떠올랐다.

중학교 1학년 때 학교와 먼 곳으로 이사 가게 됐다. 학교는 차로 삼십 분 거리였고, 도로가 막히지 않는 시간을 틈타 매일 새벽 일찍 버스를 타야 했다. 깜빡 졸고 나면 학교에 도착해 있었다. 학교 건물에 들어서면 대부분 서늘한 어둠이 느껴졌다. 직접 교실의 전등을 켜는 날이 많았지만 운이 좋으면 비슷한 처지의 친구가 먼저 와 교실 불을 밝혀두는 날도 있었다. 반갑지만, 정적을 깨고 말을 나눌 사이는 아니었기에 서로 멀찍이 거리를 두고 고요한 시간을 보냈다. 텅 빈 교실은 매번 낯설었다. 소리도 온기도 없이 가만히 멈춘 공간. 곧 들이닥칠 소란을 기다리는 동안, 나는 뒷짐을 지고 걸으며 친구들 책상에 붙은 연예인 사진을 들여다보거나 교실 뒤편에 꾸며진 게시판을 살폈다. 친구들로 꽉 차 있는 교실에서도 할 수 있는 일이지만 가까이 공들여 볼 기회는 그때뿐이었다. 별로 궁금하지 않은 것들까지 모두 살핀 뒤에는 자

이 온기가 바로 사랑일지도 몰라요

리에 앉았다. 교실로 향하는 분주한 발소리가 들릴 땐 해가 높이 떠 있었다. 이후에 직장생활을 할 때도 동료들보다 일찍 회사에 오는 날이 많았다. 회사에서는 칸막이를 사이에 두고 저마다의 공간을 꾸렸기 때문에 자리마다 다른 모양새인 점이 재미있었다. 동료의 취향이 담긴 물건들을 살필 땐 적당한 거리를 유지하던 사람들과 조금 더 가까워진 기분이 들었다. 타인의 사적인 공간을 유심히 들여다보는 일은 흥미롭지만 어쩐지 멋쩍기도 해서, 인기척을 의식하며 한걸음 떨어져 자리 주변을 기웃거렸다. 각자가 뿔뿔이 흩어져 다른 장소에서 삶을 이어갈 때도, 힐긋거린 자리의 모습들로 동료들을 선명히 기억할 수 있었다.

고요 속에서 이담이와 도담이의 흔적을 본다. 몰래 벽에 그린 낙서, 제법 구색 갖춰 입힌 인형의 옷, 만들다 만 블록과 자주 펼쳐 놓는 책들을 제자리에 놓고 모처럼 정돈된 공간의 정갈함을 누린다. 어떤 자리와 구석이든 아이들의 모습을 생생히 그려낼 수 있다. 매번 눈을 질끈 감고 엉망이 된 집을 바라보곤 하지만 아이들 없이 내내 고요한 공간은 상상하기 어렵다. 곧 아침이 온다. 매일 반복되는, 밉지 않은 소란을 기다린다.

epilogue

나는 언제나 내가 궁금했다. 어린 시절엔 집에 놓인 신문과 잡지에서 혈액형이나 별자리에 관한 이야기를 살폈고, 자라서는 친구들과 심리테스트니 성격테스트니 하는 것들로 수다 떨기를 좋아했다. 작은 글씨들을 손으로 짚어가며 '나는 어떤 사람일까'에 대한 답을 구할 때, 내가 스스로를 아끼는 꽤 성숙한 사람처럼 느껴졌다. 어떤 대목에선 고개를 끄덕였고 어떤 대목은 내가 바라는 모습이라 여러 번 반복해 읽었다. 그때 읽은 문장을 단 한 줄도 기억하지 못하지만, 잘 꾸며진 말들로 나를 정의할 때 느꼈던 기쁨만은 선명하다. 자신을 향한 궁금증을 간직한 채 이십 대로 왔고, 이 책을 썼다. 초판을 펴낼 땐 직업인으로서 내 일에 시간과 공을 들였다. 부모님과 함께 살았고, 결혼을 앞두고 있었다. 마음먹은 대로 살아갈 수 있다는 건전한 오만함과 다 해결되지 않은 삶에 대한 호기심으로 이십 대의 끝을 지냈다.

초판을 펴낸 지 6년이 흘렀다. 개정판의 출간을 앞두며, 나를 설명하는 말들을 고쳐 적는다. '삼십 대 중반. 남편 그리고 쌍둥이 아이들과 함께 산다. 아이들을 잘 자라게 하는 일에 시간과 공을 들인다.' 삶의 반경은 넓어졌고, 온전히 자신에게 쏟던 관심은 이제 아이들에게 향한다. 타인의 성장을 도우며 몰랐던 자신의 모습을 발견하기도 한다. 스스로를 완벽히 안다는 믿음을 계속 의

심하며, 매일 자신에게 던지는 질문을 잊지 않으려 애쓴다. "그나
저나 당신은 무엇을 좋아하세요?" 예전과 같은 질문이지만 대답
은 다르다.

기존 원고에서는 최대한 '사랑'이라는 단어를 숨기거나 달리 표
현했다. 일상에서 좋아하는 순간을 대하는 태도가 뜨겁고 지속
적이기보다, 편안하고 가볍게 그려지길 바라서였다. 애정의 대상
은 언제든 변화할 수 있고, 마음의 크기가 줄어드는 일도 자연스
럽다. 지금 내 삶의 반경 안에서 마음이 기우는 대상을 발견하고
소소한 애정을 쏟는 일에는, 억지로 사랑이라는 말을 덧붙일 필
요가 없다. 개정판에 새로 더한 원고는 엄마가 된 이후에 썼다. 전
보다 깊고 선명해진 관찰자의 눈으로 일상의 아름다움을 발견할
때는 '사랑'이라는 단어를 자주 떠올렸다. 그래서 그 단어를 덜어
내지 않고, 내가 좋아하는 세계가 확장되는 경험에 관해 이야기
했다. 더는 가볍지 않은 마음으로 더욱 깊이 좋아하게 된 세계를
기록하며, 사랑이라고 부르는 존재들을 오래 바라봤다.

그나저나
당신은 무엇을 좋아하세요?

그나저나 당신은 무엇을 좋아하세요?

좋아하는 것을 발견하는 일상 수집 에세이

초판 1쇄 발행   2018년 12월 24일
개정증보판 1쇄 발행   2025년 1월 22일

지은이   하람
펴낸이   이준경
편 집   김현비
디자인   정미정
펴낸곳   지콜론북

출판등록   2011년 1월 6일 제406-2011-000003호
주소   경기도 파주시 문발로 242, 출판도시 영진미디어 3층
전화   031-955-4955
팩스   031-955-4959
홈페이지   www.gcolon.co.kr
인스타그램   @g_colonbook

ISBN   979-11-91059-63-2   (03810)
값   19,500원

잘못된 책은 구입한 곳에서 교환해 드립니다.
지콜론북은 예술과 문화, 일상의 소통을 꿈꾸는 ㈜영진미디어의 출판 브랜드입니다.